要深入学习贯彻习近平新时代中国特色社会主义思想和党的十九大精神，以钟扬为榜样，坚持国家至上、民族至上、人民至上，勇担复兴大任、争做时代新人，努力用奋斗开创幸福美好未来，在为国为民建功立业中书写人生华章。

——《中共中央宣传部关于追授钟扬同志“时代楷模”称号的决定》

# 种子钟扬

陈芳　陈聪◎著

北京联合出版公司
Beijing United Publishing Co.,Ltd.

# 引子

## “不是杰出者才做梦，而是善梦者才杰出”

2017 年 9 月 25 日，一场车祸，让 53 岁的复旦大学植物学家钟扬永远地停下了他追梦的脚步。

“一种基因可以改变一个国家的命运，一颗种子可以改变一个民族的未来。”

这是钟扬的“种子梦”。

这个梦一追，就是 16 年。

16 年间，每年 100 多天在青藏高原穿行，行程超过 50 万公里；16 年间，他克服十多种高原反应，只为填补国家植物基因图谱中的那片空白。

“我们共产党人，好比种子。”钟扬用他的一生讲述了一个关于种子的故事。盘点世界屋脊的生物“家底”，需要承受苦痛，甚至是生命的代价——钟扬用自己采集的 4000 万颗种子，交出了他的人生答卷。

他用生命铺就的科研之路，早已长满了繁盛的树木。这青藏高原上的一草一木，筑起钟扬醉心科研、扎根边疆的无字丰碑。

“什么是天堂？有希望的地方。什么才能带来希望？种子，哪怕只有一颗。”

2018 年 4 月，草长莺飞的时节。缅怀钟扬的原创话剧《种子天堂》在复旦大学首演。

千里之外，云南昆明。这里的中国西南野生生物种质资源库，严密保存着许多濒危、特有、富有经济价值的种子，许多都来自钟扬和学生们的采集。

如今，这里已是世界三大种子库之一，吸引着全球植物学家的目光。

生前，钟扬常年扎根雪域高原，与家人聚少离多。

去世之后，他的家人却做出一个出乎人们意料的决定：把 138 万元车祸赔偿金全部捐出，发起成立“复旦大学钟扬教授基金”，用于奖励沪藏两地优秀师生。

“这是爸爸用命换来的钱，我们还是应该用在爸爸的事业上。”钟扬的小儿子非常理解妈妈的决定。

“设立这个基金，也是为钟扬完成他最大的心愿……”张晓艳注视着儿子，泪飞顿作倾盆雨。

“致敬！科学家钟扬！”

“抱歉，以这样的方式认识您！”

当千千万万素不相识的网民含着热泪传诵他的名字时，他早已化作青藏高原的万千河川，默默守护这片“种子天堂”……

# 目 录

## 第三章　“钟大胆”与“死面饼子”

采种子路上经常会发生各种各样的状况。高原反应，差不多有17种，在过去的13年间，每一次我都有那么一两种。不能因为高原反应，我们就怕了是吧。



## 第四章　与死神擦肩而过之后

高原反应的危害要5年到10年后才显现，我有一种紧迫感，希望老天再给我10年时间，让我把高原种子和西藏的工作继续做下去。

## 第五章　大块头的“大情怀”

美国吧，你可以这样想象，可能是你的一个比较有钱的亲戚，或者一个朋友。我们过去学一点东西、串一串门、做一做客都可以，但是我们的工作、我们的热情、我们的整个事业还是在中国的。



## 第六章　大科学家原来是“科普达人”

好的教育不是塑造孩子，而是给他们以支撑和帮助，让他们成为自己想成为的样子。

## 第七章　生命中的最后 24 小时

任何生命都有其结束的一天，但我毫不畏惧，因为我的学生会将科学探索之路延续，而我们采集的种子，也许会在几百年后的某一天生根发芽，到那时，不知会完成多少人的梦想。



## 第八章　种子天堂

刚去西藏那会儿，看到了西藏大学学科建设的情况，我就决定要做好西藏大学这一块儿的工作。现在一转眼都 16 年了，就像是从襁褓里的婴儿，最后成为一个非常伟岸的男子汉，这就是成长。

# 第一章
CHAPTER 1

# “科学怪人”辞官记

只要国家需要、人类需要，再艰苦的科研也要做！

别人不愿去，我们必须去！

# 01 从副厅级干部到普通教师：决定一生的选择

33 岁这年，已是副厅级干部的钟扬“罢官”了。

钟扬的人生，原本可以不这么“折腾”。15 岁时，他就考入中国科技大学少年班；二十几岁，成为当时国内植物学领域的青年领军人物，事迹被央视《新闻联播》专题播报；33 岁，他从中国科学院武汉植物研究所辞职到复旦大学当一名普通教师时，已是副厅级干部。

钟扬的成就，更是常人难及。当时，钟扬已在国际上率先提出一种新的交互分类数据模型和检测系统树差异的新测度，并据此建立了一个基于生物学分类本体论思想的交互分类信息系统。

有人说，钟扬是个“怪人”，因为他做出了这个成绩，已经可以坐在办公室里，指导着手下一批人干活了。然而，他偏偏愿意从头再来。

这个选择，最终决定了他的命运，成就了他短暂而又璀璨的一生。

2000 年初，湖北武汉，中科院武汉植物研究所。

“有为，恭喜啊！”刚过下班的点，人们从各自办公室里鱼贯而出，时任副所长的钟扬走进王有为的办公室。武汉植物研究所四年一度的换届工作刚刚结束，所里决定把王有为从植物研究所下属的君安医药研究所调回来，让他担任所长助理兼资源研究室主任。钟扬闻知喜讯，第一时间前来道贺。

“你少拿我开涮，你还不知道我嘛，在下面闲云野鹤惯了，回所里反而有些不适应。话说你这次连任了，有什么打算？”这次换届工作会同时决定，钟扬也在副所长的位置上连任一届。

“有为，我不拿你当外人，我这边确实有一个事儿。”

“我知道，你可能要到别处去了。”

“那倒不是，但是我觉得可能是个机会。先不说这个了，咱们去我家里喝一杯！给你庆祝一下！”

王有为没有再追问。他知道，钟扬在副所长的位置上干得并不轻松。钟扬曾经跟王有为说，很多事情身不由己，而且当上副所长以后，风头正劲，反而会惹人忌惮。

其实当时王有为已经猜到，钟扬所说的“机会”，可能是复旦大学。因为他知道，钟扬的一位忘年交陈家宽刚被调到了复旦。

据王有为了解，陈家宽是应复旦大学的邀请，准备“拯救”已经濒临解散的复旦大学生态学科。为了这件事，陈家宽正在四处寻觅“救火队员”。在陈家宽眼里，钟扬人品好、学术能力强，同时心胸开阔、有格局，完全有可能成为卓越的学术带头人。他希望钟扬能在更大的舞台上发挥作用。

“钟扬，大致的情况也跟你说了，我就不跟你绕弯子了，上海的发展现在急需生态学科的科技支撑，复旦大学作为重点大学，理应承担起这份责任。你愿不愿意加入我的团队？”

在开口的时候，陈家宽的心里其实是打鼓的。一来，钟扬在武汉植物研究所可谓一路顺风顺水，从一个负责技术的工作人员成长为副所长。二来，钟扬到复旦大学以后，为了生态学的需要，可能要再次面临学科的转换，从植物学转为生态学，这从某种程度上说也是“从头再来”。三来，当时我国的高等教育还处在低谷期，教师待遇普遍低，科研经费少，所以人才流失严重。如果是一般人，陈家宽的邀请很可能会尴尬收场。

可钟扬却一口答应下来：“等我这边办完手续，我就去找你。”

钟扬的干脆利落让陈家宽一下子愣住了，也让他觉得有点于心不忍：“钟扬，要不你再考虑考虑？你在武汉是副厅级干部，父母又在武汉工作，你下决心跟我了吗？”

钟扬又是干脆利落的一句话：“我绝不后悔。”

钟扬在中科院武汉植物研究所工作

不出王有为所料，几个月后，在张晓艳调动工作的手续办好，钟扬也和复旦大学谈妥后，钟扬便写了一份辞职报告，“挥一挥衣袖”，把副厅级的职务和可期的大好前程都抛在了身后。

当时，复旦大学生命科学学院的院领导见到钟扬第一面就说：“你从中科院武汉植物研究所副所长的位置调到我们这里来当个普通教授，有点屈才啦！”

钟扬爽朗一笑：“到哪里都一样干革命。”

“我天生就是要做老师的。”钟扬这么跟别人解释，自己出身教师家庭，呱呱坠地前一小时母亲还在讲台上授课。

此刻，钟扬终于真正圆了他的“老师梦”。

很多人不理解这位副厅级领导的心里到底是怎么想的。复旦大学生命科学学院党委书记陈浩明理解他：“他一生所眷恋的就是做一名普通老师，潜心学术，教书育人，他的眼里根本没有名利的位置。”

陈家宽在钟扬去世以后回忆说，钟扬之所以选择来到复旦大学，是因为他希望从科学家转型成为既搞科研又搞教学的大学教授。“钟扬一直有当教师的梦，第二个原因，是复旦的人文精神、文化底蕴，特别是对人才的信任和包容，强烈地吸引了他。”

事实证明，辞官任教的决定影响了钟扬的一生。带着教师这个钟扬最钟爱的头衔，他离开武汉，来到上海，而后又走到了青藏高原。

一走，就是一生。

02

# 从故事大王到“段子手”：求知若渴伴随钟扬的一生

钟扬喜欢当老师，多半和他幼时的家教和严谨的家风脱不了关系。

在父亲钟美鸣的记忆里，一切如在眼前。

1964 年 5 月 2 日，黄冈地区黄州镇，早上 8:45，钟扬出生了。黄冈傍长江而立，长江是祖国母亲河，所以给孩子取长江别名“扬子江”之“扬”，定名“钟扬”。

钟扬天生求知欲强，从小就是打破砂锅问到底的主儿，于是父母钟美鸣、王彩燕因势利导，实现孩子好学求知的愿望。同是 20 世纪五六十年代师范大学毕业的夫妇俩，文理兼备，分工合作，颇有职业讲究。

钟美鸣、王彩燕工作的黄冈，是活字印刷发明者毕昇、明代医圣李时珍、地质学泰斗李四光的故乡。夫妇俩利用上街、参观游览、回老家等机会，经常给钟扬讲这些历史名人的故事。他们从黄冈所处的荆楚文化，讲到老家湖南邵阳的湖湘精神，从抗日战争、刘邓大军挺进大别山的故事，讲到《十万个为什么》，还有四大名著、沈从文、托尔斯泰、《静静的顿河》……在由浅入深、娓娓道来的故事中，钟扬迷茫的眼睛，渐渐明亮。

在老家湖南新宁丰田乡，烈日炎炎下，钟美鸣卷起裤脚，拉钟扬下田除

钟扬周岁留影

草，上山砍柴，让孩子体验稼穑艰难。

夏夜蛙声呱呱。老钟捧着小钟扬的脸：“你听蛙声多恳切，这是乡亲们摆脱贫困的呼唤呀！家乡田不多，也不丰，缺水歉收，何以叫丰田？恰恰反映了他们‘丰田足食’的美好夙愿。孩子，你必须发愤图强，做德智体全面发展的拔尖人才，长大后把这些落后山区建设好。”

做拔尖人才、建设家乡，父亲的期望从小就印在了钟扬的心上。

钟美鸣写了几十年日记，要求儿子也每天写，并有针对性地辅导儿子写景状物、抒情评论。他同时教育孩子，写好方块字，做好方正人，何况钟氏出了钟繇、钟绍京两大书法家。

由此，钟扬每天必须练一版钢笔小楷，一大版毛笔楷书。那时碑帖很少，钟美鸣为了让钟扬练上一版完整的字帖，自己花三个月工夫，硬是把文天祥《正气歌》柳体集字找齐，制成土字帖，自己先临摹过关，再教给孩子。

钟扬开始对科学文化产生极大兴趣。上街时，他老嚷着买娃娃书。有次，看到《十万个为什么》和连环画《雷锋》，母亲王彩燕掏钱买了，钟扬则把刚刚从货架上拿起的最爱吃的烤饼立马退了，还问："妈妈，扬子乖不乖？"

背着父母，钟扬现学现卖，有模有样地跟小伙伴们讲起故事来。久而久之，他走到哪里，哪里就围成一堆。同学们争着要钟扬讲哪吒闹海，讲三打白骨精，讲三国演义，讲战国七雄，更多的是讲革命故事。

有一次，学校组织学生去黄冈农村摘棉花。摘着摘着，大家又围着钟扬要听故事了。钟扬拉不下情面："就讲潘冬子吧！"只见他抑扬顿挫地讲起来，时而手舞足蹈，掏出小木枪，眯着眼指向远处的"胡汉三"。

钟扬的小木枪随意所指，碰巧是一名老师。后来，这位老师一见王彩燕，不停地称赞道："你儿子真是神啦！"那时，刚刚 10 岁的钟扬，还在《黄冈日报》发表了《〈闪闪的红星〉观后感》。

喜欢讲故事这个特点，此后伴随了钟扬一生。只不过工作以后，采集种子辛苦，钟扬为了调节气氛、鼓舞干劲，讲故事就变成了讲"段子"——每当动员大家参与一项采集工作，或者开展一项活动的时候，钟扬总是一开始不讲正题，先聊一些开心的话头，讲着讲着，把大家的情绪带了进去，然后不动声色地再把正事儿悄悄引入，美其名曰"润物细无声"。大家听得正乐呵，纷纷欣然接受。

# 03

## 从“尖子班”到“少年班”：命运打开一扇窗

钟扬的大部分童年时光，是和一本《毛主席语录》联系在一起的。

1966 年 5 月，钟扬两周岁，轰轰烈烈的“文化大革命”开始了，黄冈的教育机构也变成了“造反派”和“保守派”争斗的阵地。

钟美鸣心里着急：儿子越来越大，需要知识启蒙，可在这个知识分子被打成“臭老九”的环境里，怎么让孩子学到有用的知识？思前想后，钟美鸣想出个办法：让钟扬背《毛主席语录》。通过背诵，让孩子增长语文知识，学习怎么造句，怎么讲故事。

因此，钟美鸣就给钟扬讲起了《毛主席语录》。他每教一篇，就要钟扬复述默写几次，每天有每天的任务，必须完成。很快，钟扬就把这本书倒背如流。

6 岁上小学的时候，校长不相信钟扬能背出《毛主席语录》，就把他叫到办公室当面检查。结果钟扬背得一字不差，让校长刮目相看。

而当这本《毛主席语录》渐渐淡出视野时，知识的春天也随之而来。

1976 年 10 月，“文革”宣告结束。一年之后，中断了 10 年的大学入学考试重新开启。然而这一年，“文革”前以高录取率闻名的黄冈中学的高考战果却让人大跌眼镜——只有 4 个考生考上大学。

当时在黄冈地区教育局负责招生工作的钟美鸣愁眉不展。一路吃苦读书考上华中师范学院的他立誓要恢复黄冈中学昔日的风采。

经过一番调研，钟美鸣找到症结所在：黄冈中学以前是面向全地区各县招收学生，而“文革”开始以后，招生范围被限定在黄冈县城关镇以内，这使得大量的优秀学生没法招进来，优质的教学资源不能发挥最大的效用。

钟美鸣随即向上级建议：迅速改变招生办法，恢复黄冈中学向全地区各

钟扬 7 周岁留影

县招生的老办法，将成绩最好的中学生集中起来，给予优质培养。

建议被采纳了。

1978 年秋天的入学季，来自黄冈地区各个县的初中毕业尖子生，几乎都集中在黄冈中学。学校从其中选拔了 23 个最优秀的学生，组成一个“尖子班”，配备最好的老师重点培养。

14 岁的钟扬，就是这个班中的一员。

就是在这个班里，钟扬像一块海绵一样，如饥似渴地吮吸知识的甘露。无论寒假暑假，他都找一个无人的教室，反复做课本上和参考资料上的各种习题，但他不是下死功夫，而是边做题边动脑筋，思路往往别出心裁。

一年之后，又有新的命运降临在“尖子班”孩子们的头上。

根据国家规定，1979 年的夏季高考，高中生无论在什么年级，都可以参加。黄冈中学的领导根据湖北省和学校的实际情况，最终决定：每个高中生只能参加一次高考，如果高一学生参加了，第二年就不能再参加。很快，钟扬所在的“尖子班”的 23 名学生中，有 21 人选择参加当年高考。

可钟扬一回到家，父亲却当面给他泼了一盆冷水：

“你今年不能参加考试，等明年。”一句简单的话，犹如当头一棒，把钟扬打得晕头转向。

“为什么？”钟扬实在不服气。

“不要问为什么，就是不行！”钟美鸣态度坚决。

“别人都可以，为什么我不可以？”

“别人都可以，就是你不可以。”

“……”

多年以后，钟美鸣在回忆起当时的情景时才透露心声：“我的儿子在读高中一年级，我向上级提议让一年级的学生参加高考，谁都会想，这里面有什么私心呢？之所以让我负责招生，是因为我是湖南人，在黄冈这个地方没有什么亲友，有利于秉公办事。如果我让我的儿子参加高考，那怎么也说不清楚了，今后的工作还怎么干？”

可惜，当时的钟扬没能深切体会父亲一颗公而忘私的赤诚之心。他心里的气愤久久难平，好几天都不理睬父亲。

可命运就是如此，当它关上一扇门的时候，往往会为你打开一扇窗。

转机出现了。钟美鸣在一次招生会议上遇到了中国科技大学的招生老师，这位老师说，他们要在湖北继续招收科大“少年班”的学生，不占用各个学校的正常名额。

钟美鸣一听，心里的石头终于落下，一回到家，赶紧让钟扬准备“少年班”的考试。

钟扬一颗因不能参加高考而失望的心，重新燃起了熊熊火焰。他没日没夜地学，常常学到深夜一两点才睡觉。才几个月，他便将高中课程学完了，最后在武汉的考场上，一举中榜中科大“少年班”。

钟扬后来曾回忆：“我算过，自己在中科大确实花了一万个小时在学习，这与成绩高低无关，你付出的时间必定在将来有所收获。”

勤奋好学、踏实钻研的品质影响了钟扬的一生。

1984 年大学毕业，钟扬被分配到中国科学院武汉植物研究所。

但是问题来了：钟扬是以技术人员的身份被招进来的，与植物研究所里植物研究的主业并不对口。

植物研究所里有很多植物专家都是科班出身。他们故意指着各种植物开他的玩笑：这是什么？那是什么？

在一问三不知的情况下，钟扬又气又急，暗暗发誓自己要攻克植物学。

他开始埋头钻研植物学，自己拿着植物检索表一种一种地对照着认识。一年之后，从他口中说出来的植物名称，全是拉丁语的学名，比受过正规植物分类学教育的人还正规。

为了系统熟悉植物学的知识，钟扬还在业余时间里踩着单车，两年内旁听、学通了武汉大学所有生物课程。

随着学习的不断深入，钟扬渐渐了解了植物学的学科概况。这是一个美丽又富有诗意的领域，散发着大自然的纯粹之美。生存在地球上的植物有50万种以上，每一种都有自己的特点。其中种子植物大概有25万种，给世界带来了灵动的传播与生长。

植物的数量如此之多，必须进行分类、鉴定、命名，因此延伸出分类学的研究。植物分类学是植物学学科中诞生较早又发展迅速的学科，它不但要识别物种，按照门、纲、目、科、族、属、组、系、种、亚种、变种、变型等层级，研究物种之间的亲缘关系和分类系统，还要研究物种的起源、分布中心、演化过程和演化趋势。

武汉植物研究所的一大任务，就是对荷花等水生植物进行全方位研究。钟扬在植物研究所的工作地点是计算机室，承担植物分类研究工作。具体地说，就是创办植物信息室，将植物学与计算机信息处理技术相结合，通过数学建模，解决植物分类分支研究中的数据分析和处理问题。当时，这一研究方法在世界上刚刚兴起不久，从1963年美国科学家索卡尔和史尼斯出版《数值分类学原理》算起，不过短短20年。

作为一个无线电电子学专业出身的人，钟扬发现植物学分类与自己掌握的应用计算机信息技术的数值分类学大不相同。经典的植物学分类方法注重实际观察，重视植物形态解剖、标本室核对、文献资料管理。

此时的钟扬敏锐地发现，要跟上世界科学发展的潮流，就要在数值分类学研究中拓展植物学学科的前沿疆域，这也正好是钟扬的优势所在。

短短几年工夫，钟扬开展植物数值分类学研究，并承担了“计算机在植物学中的应用”“数量分析方法在进化植物学研究中的应用”等多项研究课题。通过这些研究，中国植物分类学的研究视野得到扩展，钟扬作为植物学家的角色开始在学界崭露头角。

板凳甘坐十年冷。从实习员、助理研究员、副研究员、研究员到副所长，钟扬在武汉植物研究所整整工作了 15 年。

别人花 15 年时间，或许是为了仕途、头衔，但他却在植物学这个此前从未涉猎的蛮荒之地开垦出属于自己的绿洲。

钟扬的大学室友、香港大学教授郝权后来感叹说：“我很欣赏他的选择，他实际上是用当时很少人用的计算机分类来研究植物，用他的长处研究一个当时国内没有人进入的专业。当然这个专业后来很火，叫作生物信息学，而我们当时没有这种眼光。”

## 04 从武汉到上海：归零重启

2000 年，钟扬辞掉中科院武汉植物研究所的工作，来到复旦大学，他面对的，其实是一个百废待兴的环境资源系的烂摊子。

当时，环境资源系的教学和科研水平下降严重，老师们纷纷离职，学生也不愿意报考。平时，学生们私下里喜欢对各个系评点一番，并且按照学业压力、就业前景等标准把不同的院系划分为“苦系”“闲系”，而环境资源系连复旦大学的“闲系”都算不上，被学生们归到了“垃圾系”里面。

就在这个时候，陈家宽临危受命，来到复旦大学，四处招募人才，钟扬就在这时和卢宝荣、李博两位学者一起踏进了复旦大学的大门。

来到复旦大学的第一天，钟扬和妻子张晓艳提着一堆行李到环境资源系报到，却被通知，由于最近来的人比较多，教职工宿舍暂时没有空出来的房间。

钟扬一脸无所谓的样子：“能有个睡的地方就行。”

工作人员商量了一下，只好让钟扬夫妇先住进一个没有床铺的临时宿舍。然后将会议室里的两条长凳搬进宿舍用作支撑，再在长凳中间摆了一张双人床的床板，在上面垫了一些棉絮，床铺就做成了。

宿舍的工作人员有些不好意思：“钟老师，实在抱歉，条件简陋了些，您先将就几个晚上，我们尽快给您调配出一间来。”

张晓艳心里有点郁闷：钟扬来是帮你们“救火”的，你们反倒把他当成一个打工的。刚想说两句，钟扬抢先接话了：“有住的地方就行。”然后就对张晓艳说：“屋子你打扫一下吧，我还要跟学生讨论文章。”

说着，钟扬扔下行李，就带着几个学生一头扎进了实验室，留下张晓艳一个人，愣愣地看着杂乱不堪的临时宿舍。

这就是钟扬到复旦大学的第一个晚上。

钟扬正式和生命科学学院领导、老师见面这天，见到了任文伟。

任文伟和钟扬是在 1999 年认识的。当时，陈家宽正在策划一个“973 计划”项目，钟扬被请到复旦大学来策划该项目的建议书，任文伟正好负责这个项目的资料整理和会议记录工作。

几人闲聊之间，任文伟觉得这位 30 多岁的武汉植物研究所副所长身材魁梧、声音洪亮、言谈风趣，似乎与想象的青年才俊对不上号。但在之后的项目策划过程中，钟扬妙语连珠、思维敏捷，颇有帅才之风，其老成之处又和他的年龄不符——这样一个青年才俊，很难不给人们留下深刻印象。

2000 年，任文伟复旦大学博士研究生毕业后留校任教，正好和钟扬同一批到院里报到。

白天参加了一天的新职工培训，晚上两人相约到复旦大学东门一个叫“老巷”的小饭馆吃火锅，还叫了实验室几个学生。

吃了一轮以后，钟扬打开话匣，故事不断、段子不绝，和刚刚认识的学生们打成一片，气氛火热。

乐观风趣的钟扬

席间，有学生问钟扬："钟老师，您觉得我们应该怎么做科研呢？"

钟扬谈兴正浓，哈哈一笑说："我给大家打一个谜语，你们猜猜看。我认为，做科研要具备四种动物的品质，你们觉得是哪四种动物？"

大家七嘴八舌，猪狗牛马，猜什么的都有。最后，钟扬见吊足了大家的胃口，就给大家公布他的"标准答案"："我觉得啊，搞科研其实是一条很艰辛的道路。首先要对自己研究的东西感兴趣，否则会非常痛苦。但如果想在科研上取得成功，至少必须具有四种动物的品质：一是要有狗的嗅觉。必须知道哪些是科学前沿的问题，哪些是有价值的研究方向。二是要有兔子的敏捷。想到了好的问题，就要马上动手去做。因为一个好的科学问题，可能全球有上百个实验室在研究它。如果慢了的话，就是有再好的想法，也会被淘汰，如同‘起个大早，赶个晚集’，是没有竞争力的。三是要有牛的勤奋。很多科学实验需要大量数据和反复验证，需要不断收集、整理和分析数据，要像老黄牛一样只问耕耘，不问收获。如果能做到这几点，那么成功则是自然而然、水到渠成的事。”

他停了停说：“这第四点很重要。光有前面三种动物的品质还不够，最后还要有猪的心态。因为，在科学研究的道路上，失败会一直伴随科学家。如果没有超脱的心态，放下包袱轻装前进的话，那科学家都会郁闷死的。”

大家听完，笑成一团。任文伟当时就觉得，钟扬又风趣又健谈，能把自己对一件事情的理解，用非常风趣的语言阐述出来，让人想忘都忘不了。

在后来的很长时间里，钟扬说的这种集“狗、兔、牛、猪”四种动物精神于一体的科研精神，被他的同事和学生们称为“新四不像”精神，更是解释了钟扬攻关科研、勤奋攀登的一生。

这自然是后话。

当时，陈家宽和引进的钟扬、卢宝荣、李博三名学者一起，共同担负起重建复旦大学生态学学科的重任。四名学者，每个人都能独当一面：陈家宽做生物多样性研究，李博做种群生态研究，钟扬做进化理论研究，卢宝荣做转基因的生物安全研究。四人齐心合力，把复旦大学生态学科从濒临解散的边缘一点一点重建起来。

而在此过程中，钟扬又完成了一次转型：他发现生态学对于上海、对于国家而言更急需，就毅然从研究植物学转向了研究生态学。与此同时，为了让复旦大学在生物信息学学科建设中抢先一步，钟扬提出要编写一本关于生物信息学的教材。当时，这门学科在全球刚刚起步，在国内的教学研究基础更是薄弱。钟扬说，自己正好利用在中科院武汉植物研究所的研究方法和成绩来助力学科建设。

为了学科建设工作，钟扬往往要在实验室里忙到后半夜，可是实验楼的门禁不等人，一到时间，楼门口的铁链锁一锁，看门大爷就可以回去休息了。钟扬为了不给看门大爷添麻烦，想出了一个办法：他自己在实验室忙完之后，铁链锁已经锁了起来，他就使劲撑开铁链锁，扒开一条门缝，使劲吸一口气，收紧肚子，然后把他的身体一点一点从门缝里挤出去。一同加班的同事看见这滑稽的一幕忍不住开他玩笑说："你就叫'钟胖胖'得了。"钟扬也是一副乐天派的样子，每每从门缝里钻出去以后，还不忘给同事比一个胜利的 V 字手势。

钟扬和同事夜以继日地努力，逐渐收获了果实——

2000 年 6 月，由复旦大学和北京师范大学联合创立的生物多样性与生态工程教育部重点实验室获准建设，实验室主任由北京师范大学张大勇担任，钟扬担任副主任。

2001 年 12 月，钟扬、张亮、赵琼主编的教材《简明生物信息学》由高等教育出版社出版。这本书概述了生物信息学的基本概念、必备的计算机基础和主要的信息学资源，介绍 DNA 序列分析、系统发育分析、基因组分析以及蛋白质组分析等分析方法、关键技术和常用软件。这本教材不仅是全国高校本科生和研究生所用的生物信息学首批中文教材之一，还因为其权威性、专业性而一直沿用至今。

# 第二章

CHAPTER 2

# “去追梦”：一粒种子的艰难跋涉

生命就这么长，

要把最宝贵的时光献给祖国最需要的地方！

# 01

## 青藏高原<br>有一个“藏宝库”

2001 年 8 月，钟扬第一次踏上了青藏高原的土地。

下了飞机，钟扬的第一感觉，是强烈的不适感。脚下的土地，是海拔 3600 米的拉萨，此时的钟扬感到心跳加速、头昏脑涨。但他却乐观地给同行的专家们打气：“我不晕，因为我体积大，身体里储藏的氧气比你们多。”

此时的钟扬没有想到，在此后的 16 年时间里，他会和脚下这座种质资源的宝库产生千丝万缕的关联，而他坚毅的性格、乐观的品质，也让他默默承受着随之而来的无数种伤痛与艰辛……

来到西藏以后，钟扬目之所见，全都是如宝藏一般的存在。

这里是名副其实的植物王国。这里的高等植物有 5000 多种，科、属、种数分别占了全国植物的 32.9%、38% 和 18%。由于地势、水系环境、气候的巨大落差，使得这里生长着维管束植物中几乎所有的门类：蕨类植物、裸子植物、双子叶被子植物、单子叶被子植物……

这么好的植物资源，自己作为一个植物学家，为何迟至今日才姗姗来迟？钟扬不禁叹了一口气："西藏，我来晚了！"

坐上回程的飞机，钟扬的思绪无法平静。他知道西藏是植物学家的一块研究宝地，然而很多植物学家却待在北京、上海这些生物多样性很低的地区做研究。

他想起了植物学家们经常说的一句话："一个基因可以拯救一个国家，一粒种子可以造福万千苍生。"但是青藏高原有6000多种植物资源、1000多种特有植物，却从来没有人彻底盘点过。作为一名植物学家，钟扬此刻觉得，青藏高原才是植物学家最应该去的地方！

这个念头在钟扬心里扎下了根。

回到上海之后，钟扬一直寻找再去西藏的机会。

2002年，上海市一个农业投资项目"上海市农业生物基因中心"正式启动，中心主任罗利军想尽快把这个基因库完善起来，急于寻找各种植物基因。他从一本《晶珠本草》的藏药书中找到了灵感，西藏的药用植物被罗利军视为完成项目的关键。

他于是想到了一直想去西藏进行植物学研究的钟扬。

钟扬收到邀请，一口答应，马上踏上了前往青藏高原的征程。在他的心里，这次征程不仅仅是为了帮罗利军完成项目，而且是去实现他心里的一个梦想。

对于多年致力于种质资源和生物多样性研究的钟扬来说，全球气候变暖和人类活动会导致一些植物的灭绝，而种质资源事关国家生态安全，事关整个人类的未来。青藏高原拥有我国最大的生物"基因库"，但由于高寒艰险、环境恶劣，植物学家甚少涉足。钟扬觉得时间紧迫，要即刻上路，盘点清楚世界屋脊的植物"家底"，为国家、为人类储存下绵延后世的丰富"基因”宝藏。

盘点“家底”，这是钟扬的“种子梦”。

这个梦一追，就是16年。

钟扬在野外采集

02

## 是梦想，也是使命

钟扬为何会对高原生物如此情有独钟？

在很多人看来，钟扬有点“傻”。

在中科院武汉植物研究所干到了副厅级，却跳到复旦大学，从普通教师开始“从头革命”；从国内一流的复旦大学，又“飞”到世界“最高学府”——西藏大学，当上了普通教授。人们常说，在青藏高原，氧气比什么都稀缺，因而人干什么事都慢。而对于人才培养来说，就要付出更多的精力。

钟扬曾经讲过这样一件趣事。在西藏，钟扬一行某次路过一个边境小镇，去镇上最大的饭店成都饭店吃饭，饭店只有两张桌子。上菜的时间也是一个小时以上。他跟同事打趣说，在上海，如果一个司机说前面修路要绕路，绕出四公里我们就火冒三丈。在西藏跑野外，路断了，我让司机绕一下，680 公里。这就叫西藏。

从艰苦中提取欢乐，钟扬一直觉得，那才是真的开心。

“做植物研究，你必须到资源多的地方，西藏就是这样的一个地方。我在复旦大学可以培养很多博士，但是他们不一定对种子或者劳动强度高而回报低的工作真的有那么大的兴趣。但是在西藏，我培养的藏族博士毕业以后，五个人里面至少有四个都留在了西藏大学，都在西藏工作。”

钟扬就是这样：因为热爱，所以专注。

复旦大学副校长金力开玩笑的时候会说：“我和钟扬是复旦大学生命科学学院两个著名的胖子。”然而在金力内心里，始终对钟扬怀有一份深深的敬重。他说，倘若用一个词来概括钟扬的一生，应该是“追梦”二字，“钟扬就是一个一生追梦的人”。

钟扬的梦想，和别人的不一样，他的梦想和国家的需要紧紧结合在了一起。

如果将植物的分布在世界地图上标注，青藏高原是一片少有记载的空白。更让人忧虑的是，人类对种子的研究步伐，远远追不上植物消逝的速度……钟扬在不断深入研究的过程中，渐渐明白了自己肩负的使命：自己要做的，就是为祖国盘点青藏高原的植物“家底”。

植物学中，也有“领土”。早在中科院武汉植物研究所工作时，钟扬就认识到这一问题的严重性。钟扬在参加一项关于猕猴桃的研究时，被这种植物的曲折历史吸引住了：1904 年，英国的传教士带着一群专门来搜寻奇花异草的外国“植物猎人”在湖北宜昌的农村意外发现了这种看上去并不起眼儿的果实，顺便剪了 20 根枝条带走研究。

大大出乎这些“植物猎人”意料的是，他们在这 20 根枝条上发现了雌雄异株的可能性，并且在新西兰用 3 根枝条杂交成了具有丰富实用价值的水果品种，也就是我们现在吃的“奇异果”。

令国人遗憾的是，虽然中国宜昌是猕猴桃的发源地，但中国已经失去了猕猴桃的培育主导权。

还有那大熊猫般珍贵的“鸽子树”珙桐，居然是外国人发现的……英国人从中国拿走的珍稀种子和苗木，把英国这个只有约 1500 种植物的岛国装扮成了世界植物的圣殿，更让西方在植物学研究中掌握了话语权。

作为中国植物学家，钟扬立誓，要为祖国守护植物基因宝库；作为对人类负责的植物学家，他立誓，要在生物多样性不断遭到破坏的当下，为人类建造一艘种子的“挪亚方舟”。

几年之后，一次对英国皇家植物园——邱园植物的分析，更加坚定了钟扬的决心。

2008 年，钟扬带着学生扎西次仁找到了刚从邱园回来的中国西南野生生物种质资源库的专家蔡杰，请他帮忙提供植物种子研究的资料。在分析了当时邱园的所有植物之后，钟扬发现里面居然没有一颗来自中国西藏的种子。

钟扬非常着急，他害怕青藏高原这个植物学的宝库无人问津，他更害怕还没等他找到，西藏特有的植物已经在不知不觉中灭绝。他随即和扎西次仁、蔡杰和一位英国学者在《自然》杂志上发表了一篇文章，阐述在全球气候变化的形势下，采集和保存西藏种子的重要性，并呼吁全球科学家关注、收集西藏的种子。

而他自己，早就一头扎进了西藏种质资源库的采集和研究当中去了。

# 03 寻找生死线上的高山雪莲

青藏高原上的珍稀植物那么多，哪种植物才是最有采集价值的？

钟扬把目光放在了植物学界的“成功者”高山雪莲上。

1938年，德国探险家在海拔6300多米的珠穆朗玛峰南坡采集到一棵几厘米高的高山雪莲，将其记载为世界上分布最高的高等植物，被国际高山植物学专著和教科书奉为经典。但在此之后，再也没人找到这种植物。

高山雪莲，是人们对高原上鼠麴雪兔子的俗称。这种植物广泛分布在我国西南和西北各地，以及邻近国家，其中不乏低海拔和环境优越的种群。仅从生物学特性看，青藏高原种群明显要差得多，但是在如此恶劣的环境中，究竟是否存在高山雪莲呢？它们又是如何在这种恶劣的环境中生存的呢？

钟扬希望自己能给出答案。

从2011年起，钟扬开始带领团队寻找高山雪莲，可始终一无所获。

2012年6月的一天，钟扬和学生拉琼、扎西次仁三人再度爬上珠穆朗玛峰。

5200米，珠峰大本营，高山雪莲还未现身。

“继续向上走！”钟扬呼呼喘着粗气，脚下一瘸一拐走得不稳，神态却比任何时候都坚毅。

拉琼一看，钟扬的高原反应已经很严重，眼看他呼吸急促、全身无力，随时都会有生命危险。

“钟老师！你听我们的，在珠峰大本营休息吧，你再往上爬，可能会有危险啊。我们两个往上爬就行。”

钟扬一听，马上拉下脸来：“我最清楚植物的情况，我不去的话，你们更难找。你们能爬，我也能爬。”

拉琼听了这话有些难受。拉琼觉得钟扬不是本地人，又不熟悉山情，他继续往上爬确实可能会有危险，可钟扬这股倔劲儿上来了，拦也拦不住。

最后，两人拗不过钟扬，只得继续爬。

“找到了！找到了！”钟扬沙哑的声音透着异样的兴奋。

这是一片冰川退化后裸露的岩石。在岩石缝里，藏着高仅10厘米、长着灰白小绒球花朵的不起眼儿的植物。花形宛如拇指，花朵散发着生生不息的气息。钟扬像注视一个刚出生的孩子那样，疲惫的脸上挂着深深的欢欣与雀跃，凝望了很久……

“这个发现使我们找到突破现有世界纪录的最高海拔分布植物的信心倍增，进一步的分子生物学分析将为揭示其种群来源和动态及其与全球变化的关系提供科学的依据。”钟扬说。

这些矮小的植株为什么能耐受干旱、狂风、贫瘠的土壤以及45 ℃的昼夜温差？

钟扬在研究中得出结论：鼠麴雪兔子之所以能成为世界上分布最高的植

物，就是靠这一群群不起眼儿的小草承担着“先锋者”的任务，向新的高地一代又一代地缓慢推进。

这一群群不起眼儿的小草，就是物种演进的先锋者。

钟扬被“高山雪莲精神”深深地触动了。他在文章中写道：“生命的高度绝不只是一种形式。当一个物种要拓展其疆域而必须迎接恶劣环境挑战的时候，总是需要一些先锋者牺牲个体的优势，以换取整个群体乃至物种新的生存空间和发展机遇。换言之，先锋者为成功者奠定了基础，它们在生命的高度上应该是一致的。”

在钟扬心里，高山雪莲就是他的人生坐标，激励着他在青藏高原的这条科研路上继续攀登，不断填补我国相关研究的空白。

16 年间，钟扬带着团队不断寻找新的高度。

陡坡直上直下，他在跋涉。不管多远多危险、高原反应多严重，只要对研究有帮助，他就带着学生，从林芝、日喀则，到那曲、阿里，一株一株地采集植物标本和 DNA 样品。

月亮弯了又圆，他的灯火不熄。西藏巨柏长在雅鲁藏布江两岸的悬崖边上，他带着学生爬上陡崖，脚下就是滚滚江水；沙棘的种子难采，钟扬采得最多，扎了满手的刺。

阿里有一片无人区，被称为“世界屋脊上的屋脊”，平均海拔 4500 米以上，气候寒冷干燥，平均风速在每秒 3.2 米以上，是任何有氧生物难以生存的绝境。

有人劝钟扬，别去阿里了，那里海拔太高、生活条件太苦，而且物种较少，辛苦一天只能采几个样，不划算。钟扬却说：“正是因为别人都不愿去，阿里地区肯定还有未被发掘的特有植物，哪怕再苦，我们也必须去！”

钟扬深知，在无人区每发现一个新物种，对国家而言都是无价之宝。

有人问钟扬，如果不去西藏，留在上海专心搞研究、发论文，是否会有更多成就?

“也许是吧。”他说，但他更愿意做这样的先锋者，“先锋者为成功者奠定了基础，他们在生命的高度上应该是一致的。这就是高山雪莲给我的人生启示。”

“生命就这么长，要把最宝贵的时光献给祖国最需要的地方！”

16 年来，钟扬带着学生初步摸清了西藏生物资源的分布特点，西藏植物研究的空白一点一点被填补，多个物种的遗传多样性、保护生物学、谱系地理等领域研究也越来越深入……

钟扬团队采集的高原香柏，已被提取出抗癌成分。钟扬带着学生扎西次仁花了整整三年时间，将位于青藏高原的全世界仅存 3 万多棵的巨柏登记在册，筑起一道坚固的保护屏障。

钟扬带领西藏大学生态学学科，从“一穷二白”到入选国家“双一流”建设一流学科，填补了西藏高等教育的历史空白，将西藏大学生物多样性研究成功推向世界……

# 04

## 他用 16 年<br>留下 4000 万颗种子

有人可能会提出这样的问题：青藏高原上遍地都是植物，是不是只要一弯腰、抓一把，一手就能采上几十棵？

植物学的野外采集过程，并不像我们想象的那样容易。

按照英国邱园制定的标准，完成一种植物的种子样本采集，需要采这种植物的 5000 颗种子。为什么要采这么多种子？西藏大学理学院教授拉琼这么解释：一种植物要采集 5000 颗种子，是为了保证生物的遗传多样性。以非洲猎豹为例，非洲猎豹的遗传多样性很单一，单一到把一只非洲猎豹的皮肤移植到另外一只猎豹的皮肤上，都不会产生排异。而遗传多样性越单一，这个物种就越危险，越容易灭绝。如果突然遭到一种病毒袭击，这种遗传多样性单一的物种就可能会全军覆没。比如一座山上种的全是一种杨树，那么当虫害出现，整个山体就没有树了。

采 5000 颗种子，也不能只在一个地方采，一个地方一般只能采一两百颗，每一颗的距离至少要隔 20 米，而且不同的样本种群，所在地相隔的直线距离不能少于 50 公里。因为如果样本之间离得越近，个体之间杂交的可能性就越大，相当于近亲繁殖，相似性过高，就失去了采集的意义。拉琼解释说，这和做抽样调查一样，不能只在一个同姓的村子里做。因此在采集中，必须以 50 公里作为最短间距，避免采集样本的相似性。这样采到的个体种子相似性越低，就越能保护这种植物的遗传基因里的信息。这就和人生病了有人能抵抗有人不能抵抗是一个道理：物种的多样性越复杂，整个生态系统就越容易平衡。如果我们缺失了遗传基因中的某些节点，就可能会破坏掉生态系统的平衡。

青藏高原上的种子，也并不是你俯下身子就能够得着的。

我们熟悉的根茎植物萝卜、块茎植物马铃薯、鳞茎植物洋葱、球茎植物芋艿……这些植物的根须都盘根错节地埋在地下，需要一点一点从土地里挖出来。采集这一类植物的种子，有时候还需要动用打桩机、钻探机。每当手扶式的打桩机在野外采集现场隆隆作响，滚滚的黑烟熏得人眼泪横流时，人们就看到钟扬此时变身一位工程队长，扶着机器操纵着直径约 8 厘米的钢管一点一点地钻进坚硬的土壤里……

而要保证 5000 颗种子能够保存在种质资源库，钟扬的团队在现场实地采集的时候就需要采集充分，一般要采到 8000 颗种子。把 8000 颗种子送到种质资源库后，科研人员还要再检查这些种子里有没有裂的、被虫蛀的。把外观检查做完后，要选取样本进行发芽试验。试验结束后，再筛选 5000 颗种子，密封在瓶子里面，这才算一个植物种子样本大功告成。

青藏高原上有 5000 多种高等植物物种，但它们并不是均匀分布在马路边上，而是藏在雅鲁藏布江陡峭的悬崖边，隐匿在万里羌塘的无人区，或是散落在阿里地区的冻土层，有时星夜兼程、数日跋涉，也只能采到一两种植物的几百颗种子，而这距离完成一个种子的采集工作还差很远。

可就是这样烦琐而艰辛的采集过程，钟扬在青藏高原上重复了无数遍，他用青藏高原上的无数次弯腰，为国家换来了 1000 多种植物的 4000 万颗种子的宝藏。

有人也许会问，钟扬收集这么多种子，对于普通人来讲意义何在呢？

钟扬在一篇文章中给出了答案。他说："收集的目的，就是为了应对全球变化。假设 100 多年后还有癌症，假设那时候大家发现一种植物有抗癌作用，然而由于地球气候的变化，这种植物已经灭绝了，幸好 100 多年前有个姓钟的教授采集过它的种子。"

钟扬又打趣说："都 100 多年了，姓不姓钟有什么关系呢？是不是教授又有什么关系呢？但是届时如果发现了 5000 颗种子，拿出来一种，哪怕只有 500 颗能成活，最后只有 50 颗能结种子，那个植物不就复活了吗？"

也有人会问，如果 100 多年后这个种子没有用了怎么办呢？

钟扬回答说："我期待看到种子没有用的那一天。说明什么？说明那个植物还在，那该有多好。"

"功成不必在我。"这就是钟扬采集种子的初心。而在采集期间付出的无数辛苦，往往都随着钟扬的一次次喘息和失速的心跳，埋藏在青藏高原的千沟万壑里了。

# 第三章
CHAPTER 3

# “钟大胆”与“死面饼子”

采种子路上经常会发生各种各样的状况。
高原反应，差不多有 17 种，在过去的 13 年间，
每一次我都有那么一两种。
不能因为高原反应，我们就怕了是吧。

# 01

## “快点插回去……”

“吸氧，快给他吸氧！”

2010 年，一次野外考察结束，大家累了一天，回到帐篷休息，谁知过了一会儿，有人发现钟扬出现了严重的高原反应：面色乌青，嘴唇发紫，大喘着粗气。

大家想着赶紧让钟扬吸氧，可这时，学生朱彬已经出现严重的高原反应，正吸着氧休息。他一看钟老师不好，挣扎着拔掉自己的氧气管，想要给钟老师。

谁知钟扬一把抓住朱彬的手：“别动，都这么大的人了，怎么这么不讲卫生，快点插回去……”

那一夜，没有人知道钟扬是怎么熬过去的。等到第二天朝阳升起，钟扬又强撑着和学生们踏上了盘点“家底”的征程。

从外表看，钟扬是个魁梧的大汉，穿上藏袍还有点像个正宗的“康巴汉子”，但是他却很少跟人说起，他承受的是怎样的高原反应——他不像别的援藏干部，从内地上西藏，只做对口的援藏工作，他同时还承担着很多任务和职责：大到国家 863 项目、复旦大学生命科学学院的教学任务，小到指导修改学生的论文、上海自然科学博物馆的图文介绍……钟扬每一样都不落

身穿藏袍的钟扬在采种子

下，每一样都做得很好。

然而，做好每一项工作谈何容易？钟扬经常在半夜往返于上海和拉萨，而两地之间 4000 米海拔的高差，让钟扬在缺氧与醉氧之间不停切换。

可当严重的高原反应向钟扬袭来时，钟扬是怎么做的呢？

人们找到了一张他在越野车后备厢睡觉的照片——他身穿一件深蓝色 POLO 衫，一只胳膊捂着半边脸，脸色很差，嘴唇微张，一张一翕，神情非常疲惫，但睡得很沉。

在青藏高原做野外采集，长途跋涉是常有的事情。为了保证行车安全，钟扬一般坐在前排，跟司机师傅聊天，以免师傅打瞌睡。

钟扬的学生徐翌钦一直记得钟老师坚持和司机师傅聊天的画面：钟老师的高原反应已经很严重，但他仍然上气不接下气地跟司机师傅长夜聊天，让学生们在后座安心睡觉。

当他实在困得不行的时候，就让学生换到前面，他睡到后备厢里——他在后备厢的一堆行李上放两个垫子，往垫子上一倒，然后呼呼大睡。

有一次，有两个跟着钟扬一起去野外的女生在越野车上颠簸得实在受不了，看着钟扬在后备厢里睡得很香，闹着说她们也要去那儿睡。结果两人跟钟扬换了位置，才睡了 15 分钟，两个人都吐了。

“这哪儿是人睡的地方啊？”

可这就是钟扬休息的地方。钟扬说，他个子大，不要影响学生们休息，就这样，他就睡到了后备厢里。

在很多人的眼里，钟扬不像一个一般意义上的导师，更不像高校里前呼后拥的“老板”。在青藏高原的无数次野外采集中，钟扬不仅要跟学生们一起一点一点地收集种子，还为了给大家加油鼓劲，坚持走在前面、采在前面。

西藏大学理学院副教授德吉忘不了钟扬气喘吁吁的样子——

在海拔 5300 米的卡若拉冰川，钟扬带着学生们采集夏季雪线以上的植物标本，到了最后 1000 米的时候，好几个小伙子都累垮了，瘫倒在地，此时的钟扬也因为高原反应一步一喘，但他还是不停地一边喘着气一边给大家鼓劲，直到学生们都咬着牙爬起来，继续往前走。

“其实钟老师不用这么亲力亲为的。很多危险的采种地方钟老师不用亲自上，他完全可以指挥学生们自己去采，但老师每次都坚持和同学们一起工作。”

钟扬长期患有痛风，走路总是一瘸一拐的。徐翌钦说，自己以前一直不

钟扬和藏族学生野外采样

知道痛风究竟有多痛，后来有一次钟老师对学生们说，痛风痛风，就是痛起来让你发疯！

有一次，在野外采样时钟扬犯病了，腿痛得难以走路。可他一点都不担心自己，他担心的是学生们上山不安全。吃了些随身携带的药物，钟扬捡起路边的一根粗树枝，就这样拄着树枝步履蹒跚地带大家上山。每次他总是走在最前面，确认安全了再让学生们过去。

也许，正像他在自己的工作随笔《藏北的窗》里写的那样：比起高原反应带给他的痛苦，他享受的是采集过程的乐在其中——

“那年8月，我们的考察队沿着泥泞小道穿越羌塘草原。在某天的掌灯时分，一班人马跌跌撞撞来到了班戈、尼玛间一个海拔近5000米的小镇。高原寒夜和连日的奔波使人无暇他顾，我们匆忙间找到了一个家庭旅馆就住下了。半夜，一阵胸闷将我从睡梦中唤醒。我急忙唤醒同屋的博士生老王，说‘开点窗吧’。他应声起床。黑暗中，却听到‘哐当’一声巨响，一股寒风扑面而来——糟糕，老王把整面窗户从二楼推了下去……

“窗户掉下去的第二天清晨，队伍重新启程，车开了回头看，熟悉的土墙，挂满经幡的玛尼旗杆，旅馆老板一家子挥舞告别的手臂……那后面，一缕晨光正巧投进洞开的窗口，心头顿时涌起暖意。”

## 02

## “死面饼子”最好吃！

2017 年 5 月，西藏墨脱。

凌晨 1 点半，跟着钟扬来墨脱采样的边珍在路边一家馒头店的木板房里睡下了。

青藏高原的野外采集往往历时数天，星夜兼程是家常便饭，墨脱尤其如此。墨脱县是中国最后一个通公路的县，这里的公路被称为“最难修的仙境公路”，一路坐过去颠簸不断，日程也非常紧张：1 点半睡，4 点半起，6 点半吃完饭去采样，一采就是一整天。

可这天夜里，边珍已经困得不行，却听见钟扬所在的隔壁屋还有动静。

这么晚了，钟老师在做什么呢？

边珍仔细听了听，原来是打字的声音——钟老师还在制订采样的计划，修改学生的课题。

边珍心里有点难受，但是她来不及细想，无边无际的困意已经袭来。

不知过了多久，边珍隐隐约约又听到隔壁的声音，她一看时间，还不到 4 点半，转了个身又睡了过去，再醒过来的时候，已经快 5 点。

“赶紧起来吃饭了！”是钟扬的声音。

边珍一下子坐了起来。她都没来得及帮钟老师做早饭！心里不禁一阵愧疚。边珍赶紧洗漱完毕，到了木板房外面，发现大家都已经起来。除了榨菜、酥油茶和馒头，钟老师还给大家做了一道蒜薹炒肉。

边珍心里浮起一个问题：钟老师到底睡了几个小时？1 点半了，他还在电脑前忙碌，不到 4 点半，钟老师已经起来给大家准备早饭。

6 点半，从馒头店出发，一行人又踏上了采样的征途。

钟扬虽然只睡了不到 3 个小时，但他走在前面，始终都是一副充满活力的样子。为了调动整个团队的积极性，钟扬会一直讲段子、讲故事，一阵又一阵的笑声在墨脱群峰之间回荡。

走着走着，钟扬的话不那么多了，边珍知道，他是真的累了。

"钟老师，您昨天晚上都没怎么休息吧？您太累了，要不您在车里休息一会儿，我们自己去采就行了。"

"没事，一起。"钟扬喘着气，青着脸，短短四个字，语气坚定。

边珍愣在那里，一时不知道怎么劝他，可钟扬已经又紧走几步，走到了前面。边珍只好赶紧跟了上去，继续采样。

后来的结果是，钟扬始终没有退下阵来，倒是一直等在车里的司机师傅被钟扬的精神感动了："钟老师年纪这么大了，还亲自采种子，我们也来搭把手吧！"

钟扬一看司机师傅也加入了进来，更来了劲，一边采样一边认真向司机师傅介绍各种植物的特性，手把手地教司机师傅怎么采种子。

"其实钟老师很纯粹，他表现出的是一种对采集种子、对科研的热爱。哪怕是身体那么累，他还是愿意自己一颗一颗地去采，他完全是靠他的这种热爱、这种意志力在撑着。"边珍每每回忆起采种子的经历，她就一次又一次地被钟老师的精神所震撼着、感动着。

钟扬常年背着一个黑色背包，里面装着笔记本电脑、大摞的资料、翻译稿和学生的论文，有时候还装着一袋又一袋的种子。

钟扬常年穿着一条洗得很旧的牛仔裤，据说是他在拉萨地摊上花 29 块钱买下来的。牛仔裤的臀部已经破了两个巴掌大的洞，可钟扬舍不得扔掉，自己找了一块蓝布补起来，后来补丁也磨破了，还是一直穿着。

每次外出采样，往往没有条件做饭，中饭甚至晚饭都只能自备干粮。钟扬最常带的一种干粮是“死面饼子”，是一种慢火烘烤出来的干饼，因为它不好消化才顶饿。他跟学生们半开玩笑地说，“死面饼子”加上凉菜和午餐肉，就是一顿野外佳肴。

钟扬还打趣说，干饼没有滋味，但人饿了，它就相当美味，因为“饥饿就是最好的味精”。

钟扬的“装备”

## 03

## 他用学生的名字<br>给植物学界“小白鼠”命名

2013 年年底，在复旦大学忙碌了一阵儿的钟扬又赶到了西藏。他先是去开学校的学术会议，然后又和学生讨论论文的事情，一忙就忙到了半夜。

但他还惦记着另外一件事。

“许敏，采集拟南芥的事情有什么进展？”

“钟老师，我们找到了！”

“找到拟南芥了！什么时候的事情？”

“我和赵宁，今年 9 月份的时候找到了！”

“你看你这孩子，这么大的事情怎么也不跟我说一声啊！”

“钟老师，是这样，我们还不敢最后确定，所以正在做染色体鉴定，打算等结果出来，证实是拟南芥以后，才正式跟您汇报呢！”

“赶紧把现场照片发来，我看看！”

照片里，一种细长而直立、看上去并不起眼儿的绿植，悄悄地藏在山石和荆棘之间，钟扬脸上泛出激动的笑容，久久不能平静……

拟南芥，冬性一年生植物，一尺来高，秋季发芽，冬季开花，春季分化，夏季落种。它是植物学家珍爱的“小白鼠”，因为它是被子植物的模式植物，可用于培养皿灭菌条件下的突变体筛选。用科学的表述来说，它可以完美地用来进行实验设计，在人工控制的诱变条件下，测试和记录拟南芥的生活力。尤其是在分子水平的观测分析中，经常需要运用基因工程的方法获得转基因植物，而只有拟南芥这样适应无菌条件的植物，才能让有外源基因的个体存活，淘汰未转化的组织。

拟南芥曾在20世纪50年代被编入《中国植物志》。然而在基因技术应用之后，由于没有人在青藏高原采到过它的样品和种子，无法对高原拟南芥进行基因组测序和深入分析。谁一旦找到了这种植物，就掌握了植物逆境生物学研究的新材料，就能再现高原植物的起源进化过程。

在青藏高原海拔4000米以上的寒冷地带，到底有没有拟南芥？

如果在西藏发现了拟南芥，是不是就可以把它作为青藏高原隆起的证据？

一个个问题，让钟扬非常激动：“高原拟南芥与世界其他地方的拟南芥已经分道扬镳了大约19万年，在基因树上是独特的一支，相当于‘活化石’。它的发现将为我们填补过去19万年发生的许多故事，将丰富植物学研究材料。为了在西藏寻找它的踪迹，我们和北京大学、中科院等单位合作，一找就是10年。”

可这种植物学界的“珍宝”往往可遇而不可求。钟扬带着学生在青藏高原的无数个高山低谷间寻觅，却难以发现这种“小白鼠”的身影。

钟扬会放弃吗？

“科学就是要不断地尝试与挑战，你不多试试，怎么知道做不到呢？”

就这样，钟扬带着学生在无数山石缝隙和荆棘丛中寻找着这种若隐若现的“小白鼠”。

2012 年，一次野外采样途中，钟扬和学生意外地发现了拟南芥的一种近亲须弥芥。

“我们找到了须弥芥，我们有希望了！拟南芥的生存环境与须弥芥相似，我们很有可能找到西藏特有生态型的拟南芥！”

于是每到周末，钟扬就会带着学生去拉萨周边的山上寻找拟南芥。他因为工作不得不回到上海之后，仍然每周叮嘱自己带的西藏大学的学生许敏和赵宁等人继续按照之前商量的方案寻找，但是一年过去了，很多学生一无所得，都想要放弃。就在这个时候，许敏在一次野外采集中有了新的发现。

2013 年 9 月，西藏大学。

“你猜我在羊达乡找到啥了？”许敏在实验室找到赵宁，兴冲冲地跟她说。

“你说嘛，别卖关子。”

“我发现拟南芥了！”

“真的！什么时候？”

“就是上次我去羊达乡采样的时候啊。”许敏一直在做一个“拉萨河流域的植物多样性”的课题，所以经常到拉萨周边的高山上做野外采集工作。

“你确定吗？”

“我都拍了照片了啊，你要是感兴趣，咱们过两天一起去一趟。”

过了几天，许敏和赵宁出发了。

羊达乡，海拔 4150 米的高坡。

陡峭的山坡上，满是蔷薇的荆棘，稍有不慎，手就会被蔷薇的倒刺割伤。许敏和赵宁两人一边四肢并用向上攀爬，一边用剪刀剪掉路上的荆棘，

钟扬在可可西里

在荆棘丛中艰难穿行。

“许敏，拟南芥在哪儿呢？”

“我印象中就在前面，再坚持会儿啊！”

海拔越来越高，两人的喘气声也越来越重。赵宁觉得自己心跳加速、头脑发沉，可让他们两人魂牵梦绕的“小白鼠”却怎么也找不着了。

“许敏，你不是骗我吧！这都快到山顶了！”

“我发誓！我上次大概就是在这个地方看到的！我们再仔细找找吧！”

夕阳西下，狂风大作，荆棘遍布，四下一望，眼前满是旷野无边的沉默。

“许敏，已经到顶了……”此时的赵宁再也没了上来时候的力气，一边翻着白眼，一边有气无力地抱怨着。

“怎么会是这个样子啊！”许敏也很沮丧。难道上次的“小白鼠”真的会跑?

时间不早，两人稍作休息，准备下山。

上山时的路找不着了，脚下全是密布的荆棘，荆棘下面就是黑暗的深谷。两人只好拿着剪刀，从包围山体的荆棘中辟出一条刚刚容得下一人通过的小路，从荆棘之间钻了过去。

钻了一半，许敏突然停了下来。

“你干吗呢？”

“拟南芥！赵宁，是拟南芥！”就在这条小路边上，一棵一尺来高的小草悄悄在风中摇摆。

如果不是许敏提醒，赵宁或许发现不了这么不起眼儿的植物。他们小心翼翼地拍照、采样，一天的疲惫、烦躁，此刻都消失得无影无踪了。

钟扬听到消息，欣喜若狂。复旦大学生命科学学院教授杨亚军至今仍然记得当时钟扬得知这一消息时的情景：“他听到消息后非常激动，告诉我们这是一个什么样的重要发现，有什么价值，激动之情溢于言表。但同时他让学生再将现场照片发来，仔细比对，确认后，又进行染色体鉴定等相关验证，才发布信息。这种科学上的严谨精神，令人钦佩。”

钟扬随即把这种新发现的青藏高原拟南芥命名为“XZ 生态型拟南芥”，“XZ”取自许敏和赵宁的姓氏拼音缩写，同时也是“西藏”首字母的组合。

钟扬心想，只要他有时间，一定要爬到这座山上亲眼看一下植物界的这种“小白鼠”。

2014 年国庆节前夜，西藏大学。

“明天咱们去羊达乡，采拟南芥！”钟扬忙完一天的工作，筹划着第二天的“探险”。想亲眼看见“小白鼠”的愿望，一直藏在他的心里。

他把许敏和赵宁找过来，告诉他们第二天的计划，却被两个学生当头浇了一盆冷水。

“钟老师，这座山又高又陡，您爬不上去的，您还是别去了。”

钟扬一听，不觉有点不高兴：“你们能爬得上去，我怎么就不行？”

第二天，在钟扬的坚持下，一行数人再次向羊达乡的这座荒山进发。正爬到半山腰的时候，天不作美，下起了大雨。

蔷薇的倒刺被雨水一刷，显得更尖更利；山上的石头被雨水一冲，又湿又滑，一把抓不住，脱了手就有可能摔下山去。

“钟老师，今天天气实在不好，要不咱们改天再上来吧。”

“都爬到这儿了，怎么能半途而废？”

此刻，钟扬那股不服输的倔劲儿又上来了。学生们拗不过他，只得看着他拖着笨重的身子一点一点往上爬。

钟扬的学生刘天猛也一起同行。

刘天猛至今无法忘记钟扬带着他们寻找野生拟南芥的身影——钟老师走在前面，大雨把他的衣服都打湿了，可他还是一边大口喘着气，一边带着一群学生往上爬，不放过岩石间的一条裂缝，不放过峭壁旁的一棵小草。

“他就是要带着我们往前走，一直往前走。”

拟南芥带给钟扬的欣喜远不止这份采集的执着。经过基因检测，钟扬又有了新的发现——西藏拟南芥为目前世界上所发现的野生拟南芥的基部（原始）群体。这是一种土生土长的高原拟南芥，青藏高原的拟南芥最后一次与世界上其他拟南芥分开的时间，大约是在 19 万年前。

由于拟南芥这一模式植物的极端重要性，青藏高原高海拔拟南芥群体的发现对于研究植物对于极端环境的适应性具有重要意义，也引起国内外植物学界高度关注。

很多人都通过各种方式表达了他们的关切：如果把这种从书本中走出来的珍贵“小白鼠”应用到实验中，应该能帮助产出很多新的研究成果。但是按照他们的经验判断，一般遇到如此重大发现，发现者都会将成果牢牢攥在手里，自己“闷声发大财”，鲜与外人分享。

就在此时，钟扬做了一个出乎人们意料的决定——他将新发现的“XZ 生态型拟南芥”无偿提供给全球科研机构。

学生赵宁起初很不理解，因为这种发现非常难得，如果不是钟老师这么执着，带着学生们一起找，别人是发现不了的。既然是如此重大的发现，一般人都愿意自己去做实验，这样可以产出很多自己独有的成果，而不是跟别人分享。

但后来，钟扬的一句话触动了他们：“发现高原拟南芥，这是西藏的馈赠，也是大自然的回报，我们应该与人分享。”

于是，钟扬把拟南芥的这个全新品种带回了上海，成功进行了繁殖。随后，从北京到广州，从中国科学院到中山大学，从欧洲、美国到日本，中国西藏的拟南芥开放在世界各地，高原拟南芥的发现，也永载科学的史册。

拟南芥的故事，是钟扬在青藏高原上漫长采集岁月中的一个缩影。从藏北高原到藏南谷地，从阿里无人区到雅鲁藏布江，钟扬和他的团队足迹跨越海拔落差 4000 米，忍受着各种高原反应，在人类盲区里寻找生物进化的轨迹，4000 万颗种子就是这么一点一点采集的。

钟扬曾把自己比作裸子植物，像松柏一样，生长得慢却刚直遒劲。钟扬的科学精神、奉献精神、敬业精神，如种子一样播撒在无数人的心田。

钟扬在日本访问

钟扬指导藏族学生

# 第四章
CHAPTER 4

# 与死神擦肩而过之后

高原反应的危害要 5 年到 10 年后才显现，
我有一种紧迫感，希望老天再给我 10 年时间，
让我把高原种子和西藏的工作继续做下去。

# 01

## “我开始感受到身体内密密流淌的鲜血……”

“情况突然发生了变化。不知为什么，我的右腿像灌了铅一样沉重。夹菜的右手只握住了一根筷子，而另一根筷子却掉在了地上。”

“我开始感受到身体内密密流淌的鲜血……”

2015 年 5 月 2 日晚，一向精神百倍的钟扬倒下了。

这一天正好是钟扬的 51 岁生日。上午，钟扬胡乱吃了一点饼干，赶到复旦大学 1 号楼，参加自主招生考试的面试。面试结束，天下起了倾盆大雨，大家吃了盒饭就散了。

中午 12 点的时候，一种从未有过的疲倦向他袭来。钟扬心里想，真的该好好休息一下了。可下午的时候，钟扬又赶到小儿子钟云实的学校看望他，小儿子当时正在上海的西藏中学读书，也是全校唯一的汉族学生。

下午 3 点多回到家中以后，钟扬又赶紧拿出复旦大学与西藏大学合作协议的草案，一字一句地校对。

傍晚，他接受朋友一家人的邀请，去参加他们为自己举办的小聚餐。

傍晚的浦东又开始下雨，微风吹拂之下，雨丝轻轻浅浅地滴落下来，一

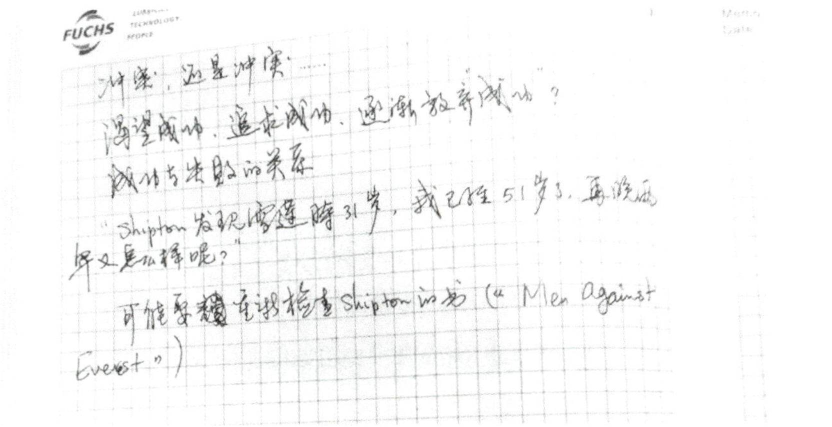

冲突，还是冲突……

渴望成功，追求成功，逐渐放弃成功"？

成功与失败的关系

"Shipton发现珠峰时31岁，我已经51岁了，再晚两年又是怎样呢？"

可能要查找检查Shipton的书（"Men Against Everest"）

钟扬写的电影剧本手稿

切是如此惬意。7 点整，东方财经 · 浦东频道正好开始播放采访钟扬的节目，一桌人顿时活跃起来，对这天的主角钟扬又是调侃又是祝贺。

突然，钟扬的身体发生了异常，钟扬想拿起筷子夹菜，可不知是手滑还是什么缘故，一根筷子掉在了地上。服务员此时给钟扬拿来一副新筷子，钟扬接过这副筷子，却发现再也握不紧了……

更危险的事情发生了。钟扬发现自己的右腿已经麻木，像是灌了铅一样沉重，手机嗡嗡作响，很多朋友发来生日祝福，钟扬想拿起手机来回复，但是右手已经完全不听使唤，手机没拿稳，掉在了地上。左手握着的筷子再次掉在了地上。

在座的一位医生朋友发现了异样，怀疑是脑出血症状，赶紧驾车把钟扬送往上海长海医院。

时钟很快转到了 9 点，在长海医院的急诊室里，钟扬躺在墙角的一张床上。在意识模糊的瞬间，世界在周身无止境地旋转，钟扬似乎已经感受到体内密密流淌的鲜血……他知道自己早该休息了，却不知道会是以如此吊诡而危险的方式。

这一夜，是钟扬内心极度狂乱的一夜，他没有做好任何思想准备，工作上留下的报告如何继续？会议报告如何撰写？出发前要跟学生谈些什么？这一切还没来得及做好交代。

钟扬就像一条在海中不知疲倦地畅游的鱼儿，一下子被抛到了沙滩上。这夜，钟扬血压在200左右，护士也没有办法帮助他，只能希望出血点能止住，不要再扩大。钟扬右边的手脚已经不听使唤了，他费力地跟身边的人说着一些话，可人们却听不清楚他在说什么。

大儿子钟云杉来了，躺在病床上的钟扬突然发现，他已经长成一个阳光、健壮的大小伙子了。眼前的情况把钟云杉吓坏了，他默默地守着父亲不肯离开。钟扬为了安慰他，用还有知觉的左手摸着钟云杉的头顶，两个人静静地待在一起。

小儿子钟云实给父亲打了一夜的电话，却没有人接听。他无法想象，5个小时前刚刚见过的父亲，已经到了一个陌生的医院，成了一个他从没见过的病人。

此时此刻，钟扬像陀螺一样不停旋转的工作节奏，终于有了一瞬间的骤停。

钟扬的时间和别人的时间不一样，他有时跟别人开玩笑说，自己过的是“并联生活”，有无数条线上的工作在同时进行。

在西藏大学，钟扬除了帮助学科建设、坚持赴野外采集种子之外，还想方设法调动教师们的科研积极性，只要是西藏大学的老师申报国家级项目，无论成功与否，他都自掏腰包每人补助2000元。为了让老师的项目申报成功，他还自己上手帮助他们修改完善表格内容，提出想法建议。

在复旦大学，钟扬除了担负着生命科学学院的授课任务之外，还自

2012 年起就担负着研究生院的管理工作。研究生院办公室的老师说，用“车水马龙”形容钟扬的办公室一点不为过：“从早到晚不停有老师和学生找他，我们只好规定每人限时 15 分钟，就连他的两个孩子有时候都是来办公室才能见着他。这还不算研究生院大量的管理工作需要他来组织安排。”

钟扬在研究生院办公室

人们发现，钟扬是个“狂人”：在自己的日常工作就已经排得满满当当的 24 小时里，他硬是给自己安排出另外一份 24 小时的日程表。

DAY 1：

21:30 上海—成都，住机场附近。

DAY 2：

6:00 成都—拉萨，直接奔赴野外开始采样，或者到西藏大学讲课、开会。

结束一天的野外采样或会议授课后，17:00 至 19:45，审阅论文。

20:00 至 22:00，为西藏大学理学院本科生答疑解惑。

22:45 至 24:00，与青年学者讨论野外工作。

DAY 3：

凌晨 1:00 至 4:00，与青年学者讨论、修改学术论文。

7:00，从西藏大学出发，再次奔赴野外，星夜飞驰……

钟扬喜欢利用“零碎时间”，把每一分每一秒的时间都“吃干榨净”。如果他和朋友相约见面，自己早到了 5 分钟，就一定要干一件事，边干边暗暗希望朋友来晚一些，好让他把这件事干好。

钟扬出差时所带的背包里往往装着很多材料——翻译的材料、科普的材料，还有需要修改的学生的材料。一上飞机，钟扬就把材料拿出来，抓紧时间修改。

在长期和时间争分夺秒的比赛中，钟扬还学会了一套“断点续传”的技能：“我写个一百字的东西，如果写到五十字必须去干另一件事，我就停到这里，干完回来马上从第五十一个字接着写。这和生物信息学一样。基因组太长，不是没法整个儿一下子测出来吗？就用‘鸟枪法’打断，一段段测，再用信息学方法拼接。这个原理在上传大文件时也会用到，就叫‘断点续传’。”

高原的夜里，钟扬往往睡不到 4 个小时。

要知道，即便是西藏当地人，由于高原缺氧，睡得不熟、半夜易醒，也往往要睡够八九个小时才有精神起来工作，可钟扬却有自己的一番道理：“我在上海睡两个小时，在这里睡四个小时，已经很奢侈了……”

与此同时，钟扬的身体正在发出一次又一次预警。

钟扬在西藏

## 02

## 凌晨 3 点钟的闹钟

2015 年 5 月 2 日夜，上海长海医院诊断结果出来：脑出血。

一阵手机铃声，惊醒了当天在陪夜的学生徐翌钦。

是凌晨 3 点钟。

“谁这个时候打电话？”

找到钟扬的手机，才发现原来是闹钟。

第二天，徐翌钦好奇地问钟扬：“钟老师，您为什么给自己在凌晨 3 点钟设置了一个闹钟？昨天夜里还吓了我一跳……”

钟扬的回答让徐翌钦愣住了：“这是用来提醒我睡觉的闹钟啊。”

徐翌钦好像突然明白了，钟扬肩上的一副担子，有着他想象不到的重量。他多少年如一日每天坚持工作 20 个小时，在这 20 个小时内他为了节省时间，用 5 分钟解决一盒盒饭，抓紧开会间隙的时间打个盹，他用自己的“负重前行”换来了无数个“第一”：他指导西藏大学申请到历史上第一个国家自然科学基金项目、第一个生物学硕士点、第一个生态学博士点、第一个生物学教育部创新团队，帮助西藏大学培养出第一位植物学博士，带领西藏大学生态学学科入选国家“双一流”建设一流学科名单，填补了西藏高等教育的历史空白，将西藏大学生物多样性研究成功推向世界……

钟扬的坚守，远比我们想象的要难得多、苦得多。

抢救后的第三天，钟扬还没有度过危险期，仍旧在重症监护室观察，可他满脑子全是工作的事儿。

正好此时赵佳媛来看他，他就让她打开电脑，自己口述了一封交给党组织的信。

在信里，钟扬写道："西藏是我国重要的国家安全和生态安全屏障，要建设一个长效机制来筑建生态安全屏障，关键是人才队伍。"钟扬建议开展"天路计划"，专门从事青藏高原生态屏障建设。

回顾自己十几年如一日的高原经历，钟扬不禁感叹，也许自己的身体再也不允许自己上雪域高原了。他在信中写道："14 年的援藏生涯对我而言，既有跋山涉水、冒着生命危险的艰辛，也有人才育成、一举实现零的突破的欢欣，既有组织上给予的责任和荣誉为伴，也有窦性心律过缓和高血压等疾病相随。就我个人而言，我将矢志不渝地把余生献给西藏建设事业……"

住在重症监护室里，钟扬不敢看书工作，担心医生会批评他。他总是趁学生来看望他的时候，悄悄布置工作，有时候还要学生拿出电脑记下来。有一次赵佳媛来看他，刚刚拿出电脑，碰巧被护士看到了，被狠狠骂了一顿："这是重症监护病房，旁边那么多仪器，你拿个笔记本过来看一个患重病的病人，你觉得这样合适吗？"赵佳媛恨不得哭出来，看着躺在床上的"罪魁祸首"，半天说不出话来。她多么希望自己的老师能够安心休养，不要再操心工作的事情，可是她知道，老师就是一个闲不下来的"工作狂"啊……

2015 年 5 月 15 日下午，钟扬出院，重新投入工作，而此时半身不遂的他甚至连午餐盒都无法打开。他的身体也已极度虚弱：长期的高原生活、过高的工作强度、严重不足的睡眠，使钟扬出现心脏肥大、血管脆弱等种种症状，每分钟心跳已经到了临界值，只有 40 多下。

医生对他下了三个禁令：不再喝酒、不坐飞机、不去西藏。

没想到，才过一年，他不顾医生告诫，再次走上高原路……

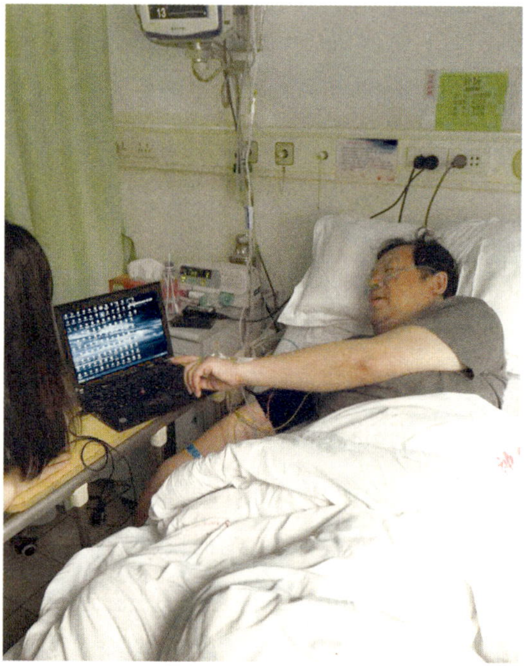

钟扬躺在病床上工作

## 03

## “我戒得了酒，就是戒不了西藏啊”

听说钟扬突发脑出血，身在武汉的好友王有为很着急。本来他想立刻去上海探望，但手头工作使他一时脱不开身，等到他到了上海，钟扬已经出院了。

王有为本以为钟扬会好好地待在床上静养，谁知道他身体还没大好，整个人就已恢复到正常的工作状态：给学生指导论文，参加复旦大学和研究生院的重要会议……

“你怎么一点儿也没消停啊？”钟扬看上去比以前憔悴多了，王有为看到他又恢复到这种随时随地争分夺秒的状态，不禁为他的身体担心。

“让我在床上躺着我难受啊，好多事情都耽搁不了。”

“你怎么就算不过来账呢？你这次脑出血，就是身体发出的一个预警。”王有为知道，钟扬患有多种高原病，平时进藏又没有什么防范，他一直担心他在青藏高原上一个绷不住出什么事情。

“你看我这不是都没事了吗？”

“医生怎么说的？”

“医生就说不让喝酒，不让坐飞机，也不让进藏了。”

“那就好，你这次可得吸取教训了吧。”

“是啊，我把酒都戒了。”

“戒了酒是应该的，西藏你以后也别给我去了。”

“嗯，我知道，短期内肯定不会去了。”

“短期内？意思是你以后还要上去？”王有为的声音顿时提高了八度，他难以置信，一个刚刚和死神搏斗过的人，怎么还想着做这么危险的事情？

“以后再说以后嘛。”钟扬说得有点心虚。

“以后再说以后？你知不知道为什么你脑血管会破裂？就是因为你的心脏搏出来的血压力太大了。你年轻的时候身体可能还能承受下来，但你年纪也越来越大，血管越来越脆弱，它就会受不了那个压力，就会破裂。这次你算是有惊无险，你还想有下一次？我跟你说，你再也不许进藏了，进藏就有生命之忧，特别是西藏的医疗条件，你即使是个健康的人，野外采集都去些荒无人烟的地方，离医院太远，心血管系统、脑血管系统的毛病也没办法治，你知不知道？”

“哎呀，有为你别激动嘛……”钟扬见王有为情绪激动，赶紧安抚他。

“不是我激动，是你要搞清楚自己现在的状况啊！我说句不好听的，你真的想把小命交待在那儿吗？”

“有为，你说的道理我都懂，但是我戒得了酒，就是戒不了西藏啊，我不去心里就痒痒，不去就觉得好像做什么事儿都提不起劲儿啊……”

王有为愣住了。他知道钟扬去西藏不单单是为了做科研，他有一种情怀在里面，但他不知道钟扬对青藏高原的感情已经深到这种地步，仿佛那种情怀能够让钟扬承受身体所不能承受的极限，忍受身体所不能忍受的病痛。

王有为只得转了话题：“好吧，进藏的事情我们先不说了，医生给你开药了吧？我看看是什么药。”王有为是研究药学出身的，对老朋友吃什么药自然上心。

“哎呀，真不好意思，我今天出门急，把药给落在家里了。”

“你把药落在家里了？那降压药你也没按时吃？”

钟扬被说得有点不好意思：“哎呀，你好不容易过来一趟，怎么感觉好像兴师问罪来了？”

“我不知道你吃的什么药，但是你血压已经高了，你还不吃，你知不知道这有多危险？你其他的脏器都会受损伤。”

钟扬只好一一答应下来，然后赶紧转换话题，聊点工作上的进展。

王有为心里默默叹了口气。他知道钟扬没坚持吃药，一来是因为他记不住，他总是对自己的事情不大上心。二来钟扬曾经说过，这种事情是双刃剑，如果自己老靠吃药来撑着，就永远适应不了高原上的那种环境。他为了能让自己的心脏锻炼得适应高原的环境，所以才没有按时吃药。

王有为知道钟扬的想法有点太不符合实际了，一来不吃药本身就会有风险，二来钟扬是一个中年男人，对高原适应能力的可塑性已经很小了，他却还是要坚持去适应。他只好又嘱咐了几句按时吃药、注意身体的话，心里却觉得这样下去真的不是办法。

钟扬的出差频率又恢复到了之前的状态。2015 年 11 月，钟扬在成都参加国家教学平台的会议时，碰到了同在西藏大学援藏的刘星。

刘星是 2015 年到西藏大学的，在西藏大学理学院对口援藏，为期一年。但在 2015 年 11 月时，中组部第八批援藏工作开始启动，西藏大学就希望刘星能够继续留下来，为藏大生物学硕士点、生态学博士点以及一流学科建设贡献力量。

当天晚上，刘星到钟扬房间找到他，想征询一下钟扬关于第八批援藏的意见。

“钟老师，有个事情想来请教你，现在中组部开始启动第八批援藏的工作了，藏大这边的意见是希望我能留下来，继续推进生物学和生态学的学科建设，你觉得呢？”

“刘老师，这是好事儿啊。我在这边已经有很长时间了，也建起了一些团队，你在这边研究的不也是生物多样性以及生物进化吗？我这边有一些独特的资源，都可以帮到你。”

刘星一听，一股暖流淌到心头，他感到钟扬身上有一种奉献精神在鼓舞着自己，并且期待着自己跟他并肩作战。

正想着，钟扬那边来了电话。

是钟扬的母亲。

刘星隐约听到电话那头的声音：“扬子，你身体不好，别又上（西藏）去了。”

钟扬连声答应：“放心，放心……”

钟扬跟母亲絮絮说完，挂了电话，叹了口气，但转头就跟刘星说：“刘老师，其实我自己也已经想好了，我还要留下来，当第八批援藏干部。”

刘星闻言愣住了。他知道钟扬5月份的时候刚刚突发脑出血，这才刚好没多久，又要上去？

“钟老师，你不是刚好吗？你把身体养好了，可以上西藏，但第八批援藏干部意味着你要像以前一样两地跑，哪头都不能耽误，这么连轴转，我怕你的身体……”

“刘老师，我已经想好了。还有，西藏大学的博士点要评估了，需要多一些懂专业的人一起推动，我还是希望你能留下来。”

刘星被钟扬的精神感动了，钟扬的话让刘星下定了决心，留下来为西藏大学一直干下去。

几个月后，钟扬把第八批援藏申请书放在了复旦大学副校长金力的面前。金力负责这项工作的审批。

“搞什么搞？你准备还这么折腾下去？”

金力一看申请书，眉头马上一皱。他和钟扬是多年的好友，他也深知高原反应对一个人的伤害，何况钟扬脑出血才刚刚好，医生还给他下了“不去西藏”的禁令。

钟扬说：“我体检都做过了，没有问题，可以进藏！”

金力问：“你是真的把自己的生死都置之度外了？”

钟扬笑了笑说：“没那么夸张，你赶紧签字吧。”

金力原本并不愿意签这个字，可禁不住钟扬软磨硬泡，最后只得让钟扬心满意足地拿着申请书走出了办公室。

钟扬申请成为中组部选派的第八批援藏干部的事情辗转传到了王有为那里。王有为一听，觉得自己必须阻止他再进藏，因为一旦发生危险，后果难以意料。但是如果他直接劝说钟扬，以钟扬的性格必定不会奏效。

王有为想到了一个办法。复旦大学本来是西藏大学的对口援藏单位，如果他把复旦大学从对口援藏的单位名单中拿出来，这样钟扬应该就能少去几趟西藏，到时候再劝劝他，说不准还能打消他继续援藏的念头。

王有为随即通过武汉大学向教育部递交申请表，在申请表中罗列诸多理由，申请让武汉大学把复旦大学从对口援助西藏大学的名单中替换下来。

事情进展很顺利，教育部确定援藏名单后，王有为发现西藏大学的两个对口援藏单位已经改为北京大学和武汉大学，复旦大学已经不在名单上。

王有为松了一口气，他想如果这样的话，钟扬应该就能少去几趟西藏，

钟扬和复旦同事

至少先有个缓冲的过程。

结果过了几天，钟扬跑来了武汉，到武汉大学找到王有为。

一见到王有为，钟扬就说："有为，你不对！你怎么能把我们复旦大学给搞掉了呢？听说就是你建议的。"

王有为义正词严："是，我就是不想让你再去送命！"

没想到钟扬接着说："我搞了这么多年，不能让你把复旦大学搞没了！不过现在都好了，我又去教育部，把复旦大学加上去了。"

王有为大吃一惊，一时没回过味儿来。钟扬走后，他跟教育部联系后才知道，钟扬专门跑到北京，去找教育部的相关领导提出要求，说复旦大学对口援助西藏大学多年，做出了很多贡献，不能把复旦大学从名单里替换下来云云，坚决要求教育部把复旦大学加入名单。最后，就连教育部的相关领导也拗不过他，又把复旦大学加了进去。

王有为不禁抚额长叹。按照他的计划，复旦大学退出来之后，钟扬相应地能够降低进藏频率，这样王有为就可以和钟扬做一个接力，由他进藏待一段时间。他都已经想好，可以去西藏大学教一门课，让这个援藏的岗位有人递补上就是了，但没想到钟扬根本不给他这个机会。

王有为喃喃地说："他已经在那里有情怀了，挡不住，没辙了……"

# 04

## 变本加厉的“科学狂人”

2016年6月的一天，晚上8点，成都双流机场。

钟扬的手机突然响了。

“扬子，你干吗呢？吃饭了吗？”是父亲钟美鸣。

钟扬顿了一顿，只好说：“在外面呢。”

正是机场客运高峰，广播声、喊叫声、行李在地上拖动的声音……无数种声音汇集在一处，传到手机的另一端。

“你在哪儿？”钟扬那边嘈杂的背景声引起了老父亲的怀疑。

钟扬略微迟疑，还是说：“我在成都。”

“你怎么跑到成都了？”

“……”

“你说话啊扬子，你是不是又要去西藏？”

“哎呀不是，爸你就别问了……”

“你可别瞒着你爸妈。你知道你妈身体也不好，经不起折腾了，你要是想让她舒舒服服地在家里好好歇着，你就别去西藏了！”

“哎呀，知道了。爸，我这里还有事儿，先不说了哈。”

钟扬没等父亲回音，就挂了电话。

他的手上拿着的，不是机票又是什么？

成都—拉萨，21:05，TV9882。

钟美鸣的直觉一点也没有错。就是在这一天，钟扬又从上海经成都，转飞西藏。

从此直到生命的尽头，钟扬密密麻麻的日程，又和青藏高原上的山水草木、西藏大学的学科建设紧紧捆绑在了一起。

拉琼眼前站着的，是一个虚弱的人，在烈日暴晒下，眉头紧锁、吃力喘息、走路不快，身上穿的还是 29 块钱买的那条牛仔裤。

拉琼本来要问他："钟老师，你不要命了？"可话到嘴边，又硬生生咽了回去。

看着拉琼欲言又止的神情，钟扬反而笑着宽慰他："你看，我这不是好好的吗？我戒得了酒，就是戒不了西藏啊！"

他连酒都戒了，就是戒不了西藏！

拉琼突然觉得，眼前站着的这个人是一个战士，与雪域高原的恶劣环境、与自己的余生战斗的战士！

这一次来，钟扬还是为了西藏大学生态学学科建设的事情。"还有很多事情要做，有些事情还得继续推动。"

复旦大学生命科学学院副教授南蓬了解他："他脑出血后，几乎所有人都认为经过这次大病，他会放慢工作的脚步。可是后来，他不仅没有放慢，反而加快了。他说他有一种紧迫感，希望老天再给他 10 年，让他把西藏的人才梯队真正带起来。"

钟扬行走在西藏

复旦大学生命科学学院教授卢宝荣知道，钟扬早已把生死置之度外。“对于援藏、对于科研，他的执着让常人难以想象。他是一个冲在前方的战士，同时又是一个收拾战场的人。西藏大学学科建设的新局面和他密不可分，如果他撤下来才是不可思议的事情。”

钟扬曾说：“高原反应的危害要 5 年到 10 年后才显现，我有一种紧迫感，希望老天再给我 10 年时间，让我把高原种子和西藏的工作继续做下去。”

钟扬在西藏大学有一个外号，叫“钟大胆”，是因为很多西藏本地人都不敢做、做不快的事情，他都能付出更大的艰辛去把它做好。

“他哪里是‘大胆’，他是在拿命换科研啊！”拉琼说，“人的生命只有一次，钟老师一年的奔波，能超过一般人 10 年甚至 20 年走过的路。他就是这样一位先锋者，科研、教学、管理、科普……他涉足的每一项工作，都做出了卓越业绩。”

在钟扬心里，他也早已把勇当“先锋者”作为自己奋斗的目标。

“先锋者为成功者奠定了基础，它们在生命的高度上应该是一致的。”钟扬说，“当一个物种要拓展其疆域而必须迎接恶劣环境挑战的时候，总需要一些先锋者牺牲个体优势，以换取整个群体乃至物种新的生存空间和发展机遇。”

由于多次患病和常年奔波造成的疲惫，钟扬的心跳每分钟只有 40 多下，这已是人体生理的极限。

但在他灵魂中跳动的那颗赤子之心，没有极限。

# 第五章

CHAPTER 5

# 大块头的“大情怀”

美国吧，你可以这样想象，

可能是你的一个比较有钱的亲戚，或者一个朋友。

我们过去学一点东西、串一串门、做一做客都可以，

但是我们的工作、我们的热情、我们的整个事业还是在中国的。

# 01

## 心中有大我

1992 年，美国，密歇根州立大学。

“继明，杂志到了！”

敲开同学周继明的门，钟扬把一份《密友》杂志递给他，他手上还有一大摞。

“你来送啊？”周继明与钟扬同在密歇根州立大学攻读博士学位，两人都加入了密歇根州立大学的中国学生学者联谊会，联谊会办了一份杂志，叫《密友》。

“哈哈，服务到家嘛。”

“这一期又是你主编的？”

“是啊，这一期还有我的文章，多多支持啊！”

“你还每期都写啊？”

“是啊，别看我是个理科生，我其实从小就爱写东西，上中学的时候我还编过我们学校的校报呢。你赶紧看看，有什么问题随时反馈哈。”

钟扬和妻子在美国

钟扬在密歇根州立大学做的是访问学者，和约翰·比曼教授一起完成“等级分类学数据库设计”的项目。

研究工作进展很顺利。在出国前，钟扬已经主持完成了“计算机在植物学中的应用”“湖北及邻近地区珍稀濒危植物数据库”“数量分析方法在进化植物学研究中的应用”等多项开拓性科研项目，为这个和比曼教授一起完成的项目奠定了基础。

在进行研究之余，参与编撰《密友》就成了钟扬的一大乐事。《密友》每个月发行一期，主要刊载中国国内消息和中国师生们的学习工作情况，在联谊会被广为传阅。钟扬一来，就自告奋勇担任杂志主编，从选题、组稿、撰稿到印刷、发行，乃至将杂志送货上门，他都亲力亲为。

周继明就是杂志的忠实粉丝之一，当时的他深深被钟扬忘我工作的热情和能量所感染，感到钟扬是个未来要成事业的人。

后来钟扬的妻子张晓艳也被中科院武汉植物研究所派到密歇根州立大学做访问学者，她禁不住钟扬眉飞色舞的劝说，也加入了挨家挨户给同学送杂志的行列。

有一次，钟扬听说给住户送报纸每个月可以有二三十美元的收入，他又打起了送报纸的主意。

“晓艳，我今天听说了一个挣钱的路子。”钟扬回到住所，立马跟妻子分享刚刚听说的新闻。

“你又想到什么野路子了？”张晓艳知道，钟扬总是在不经意间冒出很多奇思妙想。

“是正经路子！我今天听说，给人家送报纸每个月能挣二三十美元呢。”

“你怎么又想起给人送报纸了？你平时又搞科研又办杂志，你有时间吗？”

“不用特意去送啊。你想啊，我不是每个月给同学送杂志吗？我送杂志的同时顺便给附近的住户送送报纸，不是每个月又多出二三十美元的收入了吗？”

“你要拿这些钱干吗？你计划过吗？”

“我当然想过了。我只要坚持送上几个月，说不定就能多挣出一台复印机的钱。咱们所里的复印机实在是太老旧了，经常卡纸，能多买台复印机回去，不是很好？”原来，钟扬是想多挣点钱，回去给武汉植物研究所添置办公设备。

“你还真是什么事情都想着所里。”张晓艳打趣他。

“所里给我这个出国留学的机会，我当然要想着了，回去的时候咱们不仅要买复印机，如果手头还富余钱，还应该给所里配一台电脑。”

张晓艳摇了摇头，不再说话。的确，中科院武汉植物研究所的计算机设备很陈旧，当时用的还是20世纪80年代前期配备的IBM5150，随时都可能死机。放在国外，这种机器都应该报废了。钟扬看在眼里，记在心上，他想通过自己的努力，让所里的办公条件能够改善一些。

钟扬见张晓艳没有说话，又憨笑着劝她：“晓艳，你别不高兴嘛，这样好不好？你陪我一起送报纸，这样咱们就能赚双份的钱，还能共享同一份劳动果实呢。”

钟扬一句话，让张晓艳哭笑不得：“你还把这当成一件好玩的事儿？再说了，谁要跟你共享劳动果实了？我自己有工要打，谁去跟你送报纸？”的确，当时张晓艳所持的是J2签证，有合法的工作许可。

可最后，张晓艳还是拗不过钟扬，跟他一起送起了报纸。

一年多过后，钟扬的研究取得突破。

钟扬和比曼教授创新地设计出一系列可用于分类信息系统的数据模型、询问系统和算法，建立了一种新型植物学分类信息数据库。

两人把研究成果撰写为论文，发表在国际植物分类学最权威的杂志*TSXON*上。

论文一经发出，随即获得广泛关注。在美国全国卫生基金会的演示会上，钟扬和比曼的这套系统得到一致好评。得益于权威机构的肯定，很快这一数据库就在互联网上运行起来。

到回国的时候了。

“继明，我准备过一段时间和晓艳回国了。”一天，钟扬跟周继明闲聊的时候，说出了回国的打算。

“你们要回国了？”周继明一听，实在有些震惊。要知道，当时国内科研和生活环境都比国外差了好几个档次。留在国外，即使是端盘子、打零工，都是很多人梦寐以求的。可钟扬刚刚在学术领域取得骄人成就，转眼就要拍拍屁股走人了。

“你想好了？”周继明问他。

“想好什么？”钟扬有点不解。

“想好回不回国啊！”

“哦，这个啊？这有什么好想的？我从出国的时候就想着要学成回国啊，从来没想过留在国外。”

周继明嘴张得老大：“那学校这边也没有留你吗？你这么优秀，学校怎么舍得放你走？”

“学校这边倒是希望我能够留下来继续做科研，而且会给我申请奖学金。但我觉得还是回国更好。”

“那……晓艳也跟你一起回去？”

“是啊，她的研究也差不多做完了，我俩一起回去。”

钟扬和张晓艳也讨论过回国的问题，但是钟扬就一句话：在回国的问题上，从来没有犹豫过。

他跟张晓艳说：“美国吧，你可以这样想象，可能是你的一个比较有钱的亲戚，或者一个朋友。我们过去学一点东西、串一串门、做一做客都可以，但是我们的工作、我们的热情、我们的整个事业还是在中国的。”

出国前半年，钟扬刚刚加入中国共产党。他在入党志愿书里写道：“我是一个在红旗下长大，受党教育培养多年的青年科技人员。在学生时代，我就向往加入中国共产党。……今天，我对中国共产党更加坚信不移，愿为党工作，为革命事业奋斗终身……”

张晓艳理解他。她知道钟扬做任何事情，考虑的都是国家、都是集体、都是别人，唯独没有考虑过自己。

回国的时候，钟扬的举动更是让周继明大吃一惊。

当时国内的生活水平不高，家电用品更是稀缺资源，很多人从欧美、日本回国，都要买几个大件儿，冰箱、彩电、洗衣机都是少不了的。因为在国内买进口家电很贵，很多人选择在国外攒好钱，然后回国凭相关单位的证明到特别设立的仓库提货，又方便又经济，显得洋气。然而，钟扬带回国的却是别的东西。

临别时，周继明到钟扬家里帮他们收拾行李，可看到钟扬房间里新购置的电脑、复印机等，一下子惊呆了。

“钟扬，这是啥？”

“你没见过啊？这是复印机啊。”

“我知道这是复印机，我问你买这个干吗？你要带回国？”

“对啊，不带回国，难道留给你啊？”

“你带回国干吗？难不成要开打印店？”

“你想哪儿去了你？把这个拿到单位，大家一起用啊。单位的复印机太旧了，每次打不了两页就卡纸，早该报废了。把这个拿过去用，又节省时间，又节约纸张，能方便大家，不挺好？”

“那传真机也是？”周继明已经猜到了答案，但仍然要证实一下。

“是啊，传真机也是给单位的，单位的这些办公器材都太老旧了，要想搞好研究，首先硬件得跟上啊。对了继明，你明天有空不？陪我去趟电脑

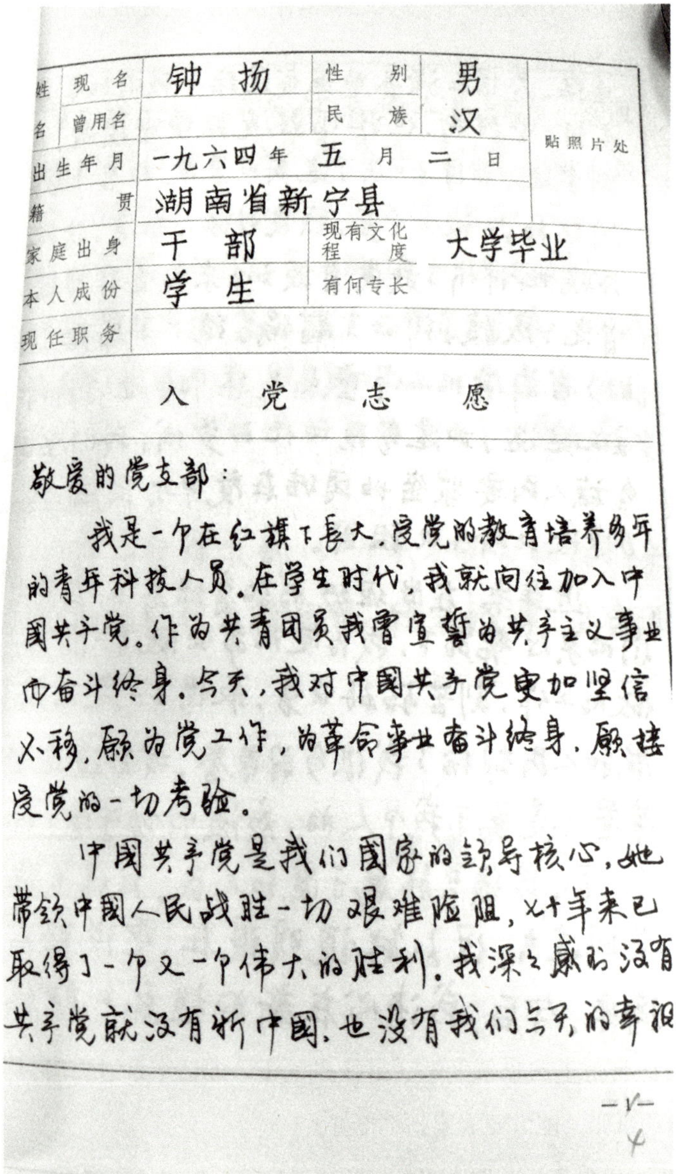

| 姓名 | 现名 | 钟扬 | 性别 | 男 | 贴照片处 |
|---|---|---|---|---|---|
| | 曾用名 | | 民族 | 汉 | |
| 出生年月 | | 一九六四年 五月 二日 | | | |
| 籍贯 | | 湖南省新宁县 | | | |
| 家庭出身 | | 干部 | 现有文化程度 | 大学毕业 | |
| 本人成份 | | 学生 | 有何专长 | | |
| 现任职务 | | | | | |

入党志愿

敬爱的党支部：

我是一个在红旗下长大，受党的教育培养多年的青年科技人员。在学生时代，我就向往加入中国共产党。作为共青团员我曾宣誓为共产主义事业而奋斗终身。今天，我对中国共产党更加坚信不移，愿为党工作，为革命事业奋斗终身，愿接受党的一切考验。

中国共产党是我们国家的领导核心，她带领中国人民战胜一切艰难险阻，七十年来已取得了一个又一个伟大的胜利。我深深感到没有共产党就没有新中国，也没有我们今天的幸福

—1—

4

钟扬的入党申请书（第1页）

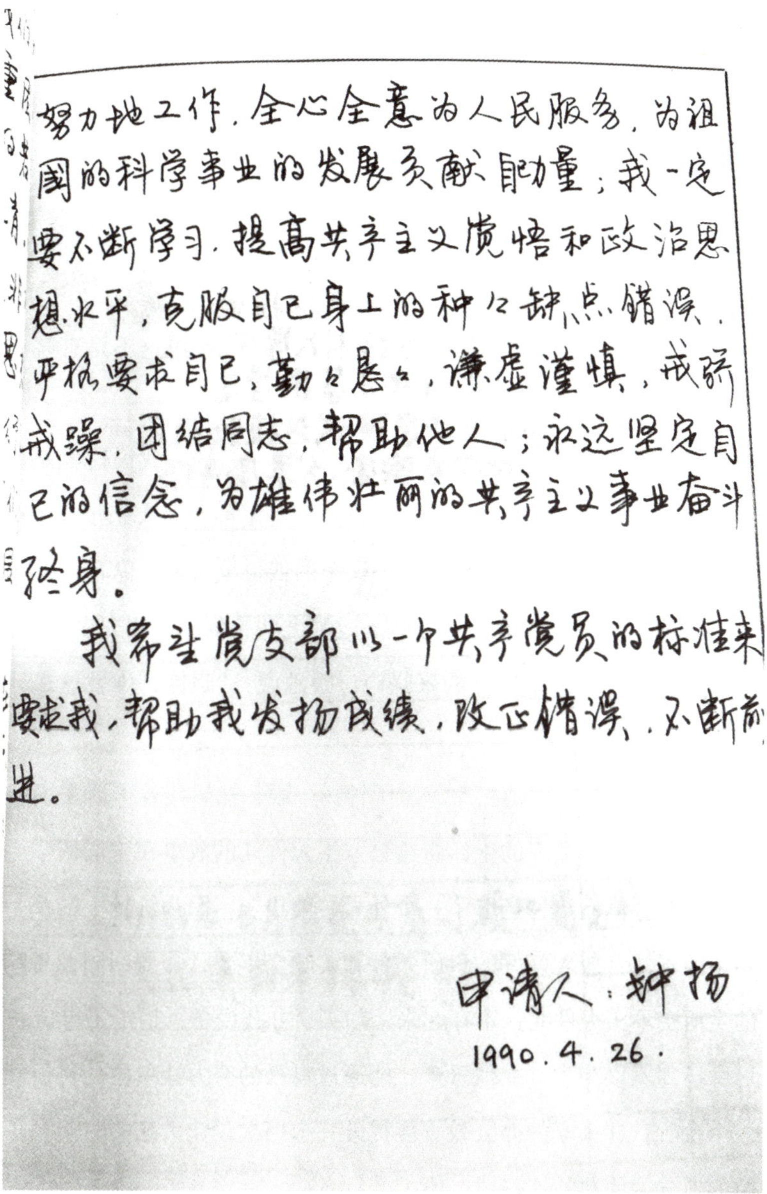
努力地工作，全心全意为人民服务，为祖国的科学事业的发展贡献自己力量；我一定要不断学习，提高共产主义觉悟和政治思想水平，克服自己身上的种种缺点错误，严格要求自己，勤勤恳恳，谦虚谨慎，戒骄戒躁，团结同志，帮助他人；永远坚定自己的信念，为雄伟壮丽的共产主义事业奋斗终身。

我希望党支部以一个共产党员的标准来要求我，帮助我发扬成绩，改正错误，不断前进。

申请人：钟扬

1990.4.26.

钟扬的入党申请书（第2页）

城，我想再买个电脑，你给我参谋参谋啊！”

“还要买电脑？”周继明觉得钟扬太不可思议了。

“是啊，单位的电脑早就跟不上科技发展的步伐了。我们要发展科技，首先要更新我们的电脑！”钟扬说得振振有词。

“欸？不对啊，你哪来这么多钱买这么多大件儿？你送报纸赚的钱有这么多吗？”周继明回过味来，狐疑地看着钟扬。

“嘿嘿，这都被你发现啦？我的钱当然不够了，不过这不是有晓艳吗？我叫她把钱也贡献出来啦。”

周继明一听，心里有点替张晓艳打抱不平：“钟扬，我说这就是你的不对了。你自己赚的钱，你爱买啥买啥，谁也管不了你，但人家张晓艳在外面辛辛苦苦打工赚钱，人家容易吗？你把人家的钱也抢过来，你有意思吗？”

“哎呀，继明，你怎么还生气了呢？这哪儿叫抢呢？这叫夫妻一体！”

周继明看着一旁忙里忙外的张晓艳，跟她说：“晓艳，你就这么让钟扬薅你的体己钱啊？”

张晓艳只说一句“由他去”，瞪了钟扬一眼，然后接着干活去了。

钟扬用省吃俭用攒下的生活费给公家买大件儿的故事在中国留学生圈子里传开了。有人偷偷给钟扬取了一个外号“傻猫”，因为钟扬干的都是别人理解不了的事情：放着好好的科研条件和奖学金不要，非要回国；省吃俭用攒下的生活费不买大件儿，不存起来，却买了办公设备，捐给了单位。

可钟扬却不以为意。在他看来，能通过自己的努力让单位的科研硬件水平上一个台阶，让大家的办公效率能提升一个档次，让大家的时间真正花在有价值的地方，他花的这些钱，值了。

钟扬的这些大件儿走的是海运。等货物运回国内，却被通知货物在上海海关给扣下来了。

“同志，我们运回来的东西有什么问题吗？”钟扬眼看着自己千里迢迢运回来的办公设备没法清关，十分着急。

“你们运回这些是做什么用的？”海关的工作人员怀疑钟扬是想私自开一家复印店。

“同志，我们跟你说了啊，我们是中科院武汉植物研究所的，我们是想把这些先进的设备运回来捐给单位，用作办公。”钟扬给工作人员看自己单位开的证明。

“你们自己花钱捐给单位？”海关的工作人员上下打量着衣着朴素的钟扬夫妇，摇了摇头。从国外带彩电、冰箱回来的他见多了，就是没见过个人出国带电脑、打印机和复印机回来的，更不用说，是自己花钱把东西买回来捐给单位，简直是匪夷所思。在他看来，捐款捐物的人，都是像邵逸夫、李嘉诚这样的亿万富翁，怎么眼前这么一个非富非贵的人也充起慈善家来了？

海关的工作人员不由分说，硬是不理会单位开出的证明，还是把物品扣下了，给的理由很简单：有逃税嫌疑，暂不予清关。

结果钟扬又费了好大一番周折，在上海停留了好几天，海关最后才同意放行。

这几个大件儿运到武汉植物研究所后马上派上了用场。武汉植物研究所由此建立了一个“计算生物青年实验室”，钟扬作为实验室的主任，用这些设备提升了实验室的科研条件，大大提高了研究效率，培养了一批青年人才。

# 02

## 学术“清流”

2012 年 9 月，钟扬任复旦大学研究生院院长。

彼时，钟扬还是中组部选派的第六批援藏干部成员，兼任西藏大学理学院副院长，教学和科研任务负担之重可想而知，学校又将研究生院管理这样一个重担交到了钟扬手里。

钟扬身边的人担心他肩负多重重担，重压之下可能会让他百上加斤，可钟扬刚一上任就开启了一项大动作——在全校推广“集中式授课”项目。

这个“集中式授课”项目，并不是钟扬拍脑袋拍出来的。为了了解各大院系的工作情况和实际困难，钟扬组建了一个研究生院调研团队，到全校 31 个院系走访调研，跟各院系的师生座谈。

通过走访调研，钟扬发现，研究生课程教学长期以来存在一些积弊，教师与学生双方的积极性都不高：有的学生在报考研究生时不了解专业，盲目选择之后发现所学专业偏离了自己的兴趣爱好，有的学生认为课程学习与后期课题研究、论文撰写关系不大，且课程内容偏老旧，前沿性不够，因此提不起兴趣投入课程学习当中，从而导致了学习积极性、主动性不高。

怎么从机制上解决这个问题呢？钟扬感到，这是他就任研究生院院长之

钟扬在研究生院

后面临的第一次“大考”。

在和相关领导、专家充分讨论之后，一个名为“FIST”的方案出现了。

FIST 的中文名称是“复旦暑期集中授课”，英文简称也暗含着将其建成“拳头”（FIST）项目的初心。FIST 课程由复旦大学教师牵头，师资以海内外名师为主；授课内容主要为各学科领域的前沿热点以及新兴和跨学科方向。钟扬概括 FIST 的特点是“集中授课、夏季为主、聘请名师、对外开放、计算学分”。

FIST 课程开放的时候，受欢迎程度出人意料。前来授课的名师来自全球，学生也多种多样，不少来自欧美的大学。而 FIST 的每门课程也都经过了精心的编排准备，基本上5天讲完一课，信息量极大。学生们白天听课、讨论，晚上必须查资料、加深理解，好跟上第二天上课的进度。

这样的紧张学习，在研究生教育中是前所未有的，听课的人都耳目一新。就连各地高校的青年教师听说了FIST项目，也纷纷加入听课的队伍中。

目前，FIST项目每年开课数量稳定在70～80门，已累计开课339门。学校通过实施FIST项目，不仅提升了课程质量，激发了研究生学术兴趣，而且激活了课程体系，同时提高了导师的教研水平，受到师生的广泛欢迎。

楚永全说："我们保留着钟院长当年亲手设计FIST项目的手稿，透过字里行间，仍能感受到他对项目的深思熟虑和对研究生教学工作的深刻思考。"

将教师对研究生教学的积极性提了上去，可钟扬觉得，研究生院该做的还有很多：如何让每一位研究生的困难都能被听到、被重视？如何让研究生院的职能真正服务于老师和学生？

本着这样的想法，研究生服务中心应运而生。

研究生服务中心立足解决研究生面临的各种困难和问题，成立的初衷，是希望研究生院全体员工首先做好对院系和师生的服务工作。

在钟扬的主导下，这个全校率先建立的研究生服务中心，开始全年无休接待学生。在他的理念里，服务中心就是研究生院的接待窗口和办事大厅，每一名员工都要学会做办事员。所以钟扬不但自兼中心主任，在初期还亲自坐班示范。他每天到院里来，总是要到服务中心转一转，和员工、同学聊一聊，如果发现了典型案例，就拿到院务会上"解剖麻雀"。

在复旦大学研究生院副院长杨长江看来，这个研究生服务中心的设立，是钟扬主导的一项理念的变革和对"套路"的冲破："在过去，对研究生的理念是管理，就是自上而下的一种方式。服务中心的设立，它的关键是做到了理念上的转换，既是严格管理，也是热情服务。从管理转换为服务，其中恰恰补充了我们之前管理过程当中没有太多重视的东西。”

杨长江说，在服务中心运转过程中，每一个细节都体现着这种理念上的转变。比如，服务中心开放的时间是早七点到晚七点，它考虑的不仅仅是正常上下班的时间，还考虑到学生们的作息时间，一般学生们早上的课程是八点开始，而如果服务中心在七点就开门的话，学生们就能在课前的时候来服务中心办事，这样对学生来说办事就方便多了。

在钟扬的带动下，研究生院的工作作风和状态有了根本改观。2016 年，研究生院又成立了导师服务中心。

钟扬对研究生管理理念的创新突破和对研究生学习生活的关心重视，不仅仅体现在设立服务中心一件事上。

在研究生中，这位院长渐渐地有了一个新的外号——“接盘侠”。别的导师不要的学生，但凡找到了他，他都会接收，绝不放弃。“接盘”以后还不算完，他还会根据每个学生的特点，为他们量身定制一套个性化的发展规划。

中国科学院昆明植物研究所副研究员张体操对钟扬培养学生的理念印象深刻：“他对自己的要求非常严，但是对学生很容忍。一个生态系统里，生物多样性是稳定的基础，他认为有各种各样的学生，他很容忍，并且因材施教。他会去思考，对什么样的学生提供什么样的课题、提供什么样的教导。”

钟扬曾将一名患肌无力的学生杨桢收入门下。因为杨桢在听过钟扬的讲座后，对植物学产生了浓厚的兴趣。钟扬说：“我愿意招收你不为别的，而是因为你确实适合做科研。”钟扬的这句话，给了杨桢莫大的鼓励，如今，他已成为中国科学院的科研人员。

可唯独在一件事情上，钟扬的原则性非常强。钟扬在处理学术不端问题上态度坚决，发现问题就会处理，而且处理得斩钉截铁、毫不含糊。

杨长江回忆说，学生的学术不端问题比较复杂，钟扬的处理方式也不总是毫无争议，但是他始终贯彻自己零容忍的理念，绝不会因为所谓的学生思考问题的局限性、评价体系的机制导向等就会对学术不端问题睁一只眼闭一只眼。

复旦大学研究生院综合办副主任包晓明说，钟扬播种的是思想的种子，他能看到我们看不到的问题，把他的经验和学识传播给更多的人。他曾经跟学生讲过很多提高论文写作水平的课程，他曾说："你的论文放在这里，如果论文有抄袭，任何人都能找到你抄袭的证据。"他对抄袭是零容忍的，因为在这一点上的坚持，他为纯净学术风气做出了贡献。

# 03 侠之大者

杨长江怎么也没有想到，直到钟扬去世，他才渐渐了解到这位钟院长不为人知的另外一面。

2017 年初冬，冷意已经随着凋零的树叶渐渐漫上身体，研究生院的工作依旧有条不紊地开展着，可在偶尔停下来的时候，抬头望向窗外，总觉得，今年的冬天比往年显得格外冷清。

这一天，杨长江和几位同事代表复旦大学校友会来到钟扬家里，探望钟扬的妻子张晓艳。

钟扬家在单元楼一层。进了门后，客厅里开着灯。客厅不大，家里并不暖和。大家坐在几把椅子上，跟张晓艳聊着她的两个孩子，聊着钟扬的父母，也不可避免地聊着他的身后事。

聊着聊着，杨长江的眼睛有些酸胀。如果不是亲眼看见，杨长江实在没办法把这个房子的主人和享誉学界的钟扬联系起来——房子的装修像 20 世纪七八十年代的风格，家具一看就是买了很久的，电视机是早就被淘汰的老款式。

杨长江心里的疑问忍不住冲口而出：100 平方米出头的房子、三个小卧室、和岳父岳母同住……钟院长的家，怎么会是这样一个局促的地方？

张晓艳对此并不介怀。她解释说，她和钟扬原来有一套小房子，是复旦大学分给职工的位于南华新村的老宿舍，后来准备送儿子出国读高中的时候，为了凑钱卖掉了，现在就和她的父母同住一起。

在杨长江的印象里，钟扬来复旦大学的时间是比较早的，当时和他前后脚来的老师们，很多现在已经有了不止一套房子。当时的房价也就四五千块钱一平方米，而随着上海房价飞涨，如今已经涨了不止 10 倍。他原以为钟扬也至少有一套像样的房子，再不济这么多年也多少通过做科研项目赚了一些钱。

可谁知道，钟扬就是这样的人，不曾花一点心思考虑自己的个人问题。杨长江此刻才真正明白，人们对钟扬的评价有多么中肯："钟扬从来不要求职务待遇、收入条件，唯一的心愿就是做事，做对国家对社会有价值的事。"

中科院昆明植物研究所书记杨永平谈起钟扬，讲到了一个比喻。他说："在我脑子里的钟扬老师，是一个大侠。我觉得他是一个大爱无疆、小爱无边的人，就是说只要谁有什么问题、谁有什么困难，但凡他能够做到，都可以帮别人做到极致。"

有一次杨永平和钟扬一起吃饭，听他聊天说起一位老师想做牦牛的取样，因为他们正在做一个牦牛基因组的课题，需要买一头牦牛。钟扬听闻后热情得不得了，就帮他去找牦牛。"他经常会讲，哪个人要做什么事，我又是怎么帮他的。我们同行里面，比如说谁要采样、采集种子，或者需要哪种 DNA 材料，只要钟老师有的，一定无偿提供。如果他没有的，下一回也会请人帮助，或者自己在哪一次采样时帮别人去完成。钟老师总是乐于助人，对我们来说就是侠士，有侠义之心。"

如果要用一个字来概括钟扬，杨长江想到的，首先是一个"大"字。

"钟老师有大格局、大视野。在工作方式上，钟老师的理念就像他主持创办研究生服务中心一样，很多时候敢于突破套路，比如开会不拘泥于形式，很多时候是随时随地进行，约谈院系的时候也是说走就走。他在研究生教育的理念上、模式上塑造了我们研究生院的一种创新思想。”

如果拿一个人作比，钟扬像谁？

杨长江说：“他像金庸小说里的乔峰，快意恩仇，大气、豪爽。首先，他对自己的要求是很高的，想问题想得是很深的。他是要求自己做得更好，他也是非常有智慧的人。其次，在他身上没有书生气，但是带有一些江湖气。他的结交非常广泛，就连在西藏墨脱支教的团队都受到了他的支持和指导。他的交往层次不是‘阳春白雪’，而是各个层次的人他都会去支持，帮助他们做很多事情。而在我们和他的相处中，我们也很随意。在工作中，他更多的是把责任承担起来，让我们放手去做，即使做错，他也不会苛责下属，他会自己承担、补救。

“其实在钟院长去世之前，研究生院上下对他已经很认可，但是对于一个伟大的人物，远望方知处处高。他的伟大、他的心胸、他生前做的事情的价值，往往随着时间的推移，人们会看得更清楚。”

侠之大者，为国为民。

钟扬和学生们在野外考察的路上

# 第六章
CHAPTER 6

# 大科学家原来是“科普达人”

好的教育不是塑造孩子，而是给他们以支撑和帮助，
让他们成为自己想成为的样子。

# 01

## 钟式魔力

石头会不会开花？蓝莓和草莓是亲戚吗？爬山虎是怎么爬墙的？

这是钟扬给科普公众号录制的《植物家族历险记》音频故事，这个栏目每周都会分享一个植物小故事。这些故事多半是钟扬深夜在办公室录制的。

2017 年 9 月，钟扬最后一次出差前，学生边珍处理了最新一期的录音。如今，原定 52 期的节目，永远停在了第 48 期。

2017 年 5 月 18 日，国际博物馆日。

夜幕降临，上海自然博物馆地下二层中庭，在巨大的马门溪龙骨架下，钟扬神采飞扬地开始了他的科普讲座。如同手握一把神奇的科学钥匙，在手电筒的光照中，钟扬领着观众体验了一场神秘生动的“博物馆奇妙夜”。

连珠的妙语、憨厚的笑声，让钟扬在现场又收获无数“路人粉丝”，生态学研究的大门在粉丝们心中徐徐开启。

很多人在钟扬去世之后才知道，原来他在上海、西藏承担繁重的科研教学任务之外，还有这样宏大的“科普次元”。

义务科普，一做就是 17 年。每年，钟扬会举办 30 余场公益科普讲座，翻译、撰写、审校10余本科普书。连科普界的“网红”书《大流感——最致命瘟疫的史诗》，也是由钟扬牵头翻译的。

钟扬在上海自然博物馆作讲座

人们很诧异，致力于科学研究的钟扬，科普文章竟也如此好看，科普讲座也会如此好听。

人们不理解，堂堂一个知名高校的大教授，为何会在科普这样的“小儿科”上花那么多时间？

上海科技馆的学术委员、中学的科学顾问、新民科学咖啡馆的“金牌主讲人”、世博会的标本捐赠人……不管研究、教学工作有多忙，钟扬似乎从来都是游刃有余地转换着“科普达人”的角色。

学生们给他点赞："科研大师中最会讲段子的科普达人。"

在上海、西藏等地辗转间隙，钟扬先后参与上海科技馆、上海自然博物馆筹建，并作为学术委员会成员为场馆建设提供服务，承担了上海科技馆英文图文翻译和上海自然博物馆 512 块中英文图文展板的编写工作，"圈粉"众多热爱科学的青少年，就连他的实验室也一直对中小学生开放。

钟扬在为中小学生科普

“老鼠到底会不会做梦呢？”

“小朋友通过什么样的生物实验来除掉菜地里的害虫呢？”

“长颈鹿在水中，不会像石块那样下沉，它能漂浮在水面上。但是长颈鹿的长脖子妨碍了它在水中游泳，不仅很难保持平衡，还会有生命危险呢。”

“自然界中有许多物种间存在变异的事实。在佛罗里达州沿岸的沙滩上，一种沙滩小鼠的毛色比生活在陆地上的小鼠的略显苍白。这是沙滩小鼠伪装自己的一种策略，因为猫头鹰、苍鹭等猎手很难将沙滩小鼠和沙滩区分开来。”

看上去信手拈来的小故事，背后总有鲜为人知的付出。

科普毕竟姓科，要让科普真正“入心入脑”，就要把普及科学知识与对生命价值的思考结合起来。在钟扬心中，科学不能像难以打开的坚果，虽味美却不易入口。科普教育者应该像松鼠一样，打开科学的坚硬外壳，将有营养的果仁剥出来，让人们能够领略到科学的美妙。

“一个小孩子很难靠几本书来准确地了解科学道理。不过，书中那些遥远的故事及其承载的有趣知识会随着时间的推移，慢慢渗透进脑海。这些似是而非的知识也许会与新的思想活动碰撞出火花，并以独特的科学气质展现出来。我相信科学能深入儿童的心灵，现在多一点兴趣，说不定以后就多出几个科学家。”

对于科普这一“特别”的能力，钟扬也毫不谦虚：“如果你很久不在科学一线工作，思想就脱离主流了。现在，一流的科学家一般不写科普文章，许多写的人科学思想又比较老旧；第二，科普的载体属于文学范畴，你的文学素养也要高。现在好多科学家写科普文章太直白。我知道做人要直，但写诗要曲。天上管写作的叫文曲星，不叫文直星。写科普也得要创新，这跟搞科研一模一样。”

在上海科技馆展览设计部主任鲍其洞的记忆里，17 年来，钟扬总是时不时出现在科技馆或者自然博物馆的各个角落，有时是展区，有时是会议室。“每次来，他都带着特定的任务，有时是评审专家，有时是只要我们找他，他几乎有求必应。”鲍其洞说。

他的学生、如今已是复旦大学生命科学学院教师的赵佳媛至今难忘，在上海自然博物馆工地上扬起的灰尘里，钟扬背着他硕大沉重的双肩包，大笑着快步走来。出差刚回到上海，一下飞机，他就赶到上海自然博物馆跟大家讨论。钟扬的双肩包内，总有图文初稿的打印版，上面是他或工整或凌乱的字迹——这是他有时伏案修改，有时就在车上批注的成果。

走进钟扬科普活动的主战场——上海自然博物馆时，一般人很难想象，500 多块中英文展板上的文字都经他反复斟酌。图文文稿的内容涵盖天文、地理、生物、人文等诸多学科，既要有文学性又要有科学性，很多也并非钟扬擅长的领域，难度可想而知。但就是展览中这些看得见的文字，也只是他和团队工作量的四分之一甚至五分之一。

2014 年五一假期，别人都在放假休息，钟扬特意赶去上海自然博物馆加班修改图文展板，一直讨论到晚上。直到他的两个儿子来找爸爸，馆里的工作人员才知道那天是他的 50 岁生日。

钟扬为双胞胎儿子取名“云杉”和“云实”，这是在孩子出生前就已经想好的名字，一个是裸子植物，一个是被子植物。他还在复旦大学的论坛上发了一个帖子，开玩笑说：“如果大家都喜欢用植物给孩子取名字，那就是最好的科普时代到来了。”

钟扬颇为风趣地在帖子里说起用植物给孩子取名的三个理由：一来花花草草那么多，植物志那么厚，要想重名都难；二是不用动脑，就有一个外国人能发音的英文名和拉丁名，今后国际交往多方便；三是如果蔚然成风，会给分类学在社会上带来多大的影响啊。“最不济，就算我辈吵吵闹闹，恩恩怨怨，低头不见，抬头也只当没看见，到了孩子们那一辈，一看名字就像找到了组织，就能聚在一起说说这个的爹，那个的娘，该有多好。”

02

# “有困难找钟老师”

“生命诞生以来，从原核到真核，从单细胞到多细胞，从海洋到陆地，简单与复杂并存，繁盛与灭绝交替，走向了一篇篇跌宕起伏的演化乐章，其间洋溢着生命诞生与繁盛的欢颂，伴随着物种灭绝与衰落的悲怆。”

这是钟扬为上海自然博物馆参与写作的数百个图文展板内容之一。细腻而又富有文采的文字，竟是出自钟扬这位看起来五大三粗的理工男之手。

上海自然博物馆筹建之初，上海自然博物馆图文项目负责人鲍其洞犯愁了：图文展板内容涵盖天文、地理、生物、人文等学科，文字要求兼顾准确性、前沿性、可读性，编写工作可谓要求高、回报少、时间紧、周期长的“烫手山芋”。上哪儿能够找到精通这么多领域的专家来把关图文解说呢?

鲍其洞四处联系了不少高校老师，可对方一听上海自然博物馆对图文展板的要求就都婉拒了，觉得自己达不到这么高的要求。

就在鲍其洞一筹莫展的时候，同事支着儿了：咱们可以再找找钟老师啊。

钟扬和鲍其洞早有合作。在上海科技馆筹建过程中，鲍其洞为了英文展板的事情犯难，当时向钟扬求助的很多问题，总会得到他的肯定答复，所以

钟扬在上海自然博物馆

鲍其洞和她的同事们就有了一句口头禅：有困难找钟老师。

这次，鲍其洞只好再次找到了钟扬，请他帮助想想办法，如果能利用他在圈内的人脉帮忙牵线或引荐，就很感激了。

“钟老师，又有个事情想麻烦您了。我们现在正在筹建上海自然博物馆，我负责的图文展板这块内容目前还没有很好的想法，找了很多人都没人愿意接，想请您出出主意，或者您方便的话推荐一个人。”

“鲍老师，展板内容要做什么呢？”

“就是对自然博物馆里面的展品和衍生出来的科学知识做一个科普

性的介绍。”

“那行啊，这个事情是上海的，我又是一个植物学家，那我就试试吧？”

钟扬这么认真地一问，鲍其洞一时间不知道该说什么。她知道钟扬要兼顾上海和西藏两地的教学和科研工作，工作非常繁忙，不到万不得已，她也不好意思麻烦他。可现在钟扬居然自己主动提出参与意愿，让鲍其洞又惊又喜。

“钟老师，是这样，这项图文展板的工作涉及的学科跨度非常大，我们设计的初衷是要求兼顾科学性、前沿性、可读性，如果您能承担起来，确实再好不过，可我们也知道您确实非常忙，又要上海和西藏两地奔波……”

“鲍老师，这个你放心，我会把编写图文展板工作当成一项重要的工作，保质保量完成任务。”钟扬笑着说。

可鲍其洞还有些犹豫：“钟老师，您误会了，我不是担心您不放在心上，而是这个项目需要占用您很多时间，而且可能前后战线加起来至少有两年，而且……”

钟扬看鲍其洞欲言又止，就非常坦诚地跟她说：“鲍老师，没事，有什么顾虑你都可以讲出来。”

鲍其洞只好说：“而且经费很有限……”

钟扬闻言不禁一笑：“鲍老师，我还以为是什么事儿呢，你不用跟我谈经费的问题，做科普是我们科研工作者的义务，我义不容辞。”

鲍其洞的内心被钟扬这句话击中了：“谢谢您，钟老师！我们又给您添麻烦了……”

钟扬爽朗一笑，只说了三个字：“没问题。”

在此之后，500 多块图文展板的任务就落在了钟扬团队身上。虽然钟扬一年到头都是空中飞人，但他在负责这一项目的过程中毫不含糊，绝不是挂一个名、牵一个头，而是认真坐下来，和上海自然博物馆的工作人员逐字逐句地讨论。大到历史演进的概述，小到一字一词标点符号，他都一点一点地斟酌，唯恐有不细致、不准确的地方。

筹建时间十分紧迫。鲍其洞一听说钟扬哪几天在上海，就马上跟他约时间。而钟扬一般都会很爽快地跟他们讲，自己哪一天什么时间有空，可以过来讨论。

因此，鲍其洞经常看到背着黑色背包的钟扬风尘仆仆赶来的身影，他经常是刚下飞机、刚开完会，或者讨论结束以后马上就要去机场。

在讨论的过程中，上海自然博物馆的工作人员再次被钟扬跨界的天赋所折服。作为一名科学家，他表现出来的不仅仅是知识的渊博和严谨，更有他深厚和扎实的文学功底。上海自然博物馆分为不同的展区，每一个展区的介绍，是整个展区主题的概括，非常重要。而所有的展区介绍，都是钟扬亲自和大家一起讨论出来的，他对展板的要求和上海自然博物馆工作人员的要求一样：既要有科学性，又要有思想性，还要有美学的韵味。

但钟扬又不是恣意卖弄的那种人。从很多方面来讲，钟扬都是一个权威人士，但是在讨论的过程中，他表现得非常谦逊，非常认真地倾听在座每一个人的意见，跟大家一起讨论。所有他参与的图文展板，只有在座所有人都说 OK 了，才可以通过。

钟扬的学生赵佳媛至今仍然保存着钟扬编写图文展板时的草稿。在一张张图文草稿空白处，满满的全是钟扬的字迹——那些工整的字迹，是钟扬在办公室里仔细修改的，那些凌乱的字迹，往往是在飞机、行车途中的批注。而即使是如此字斟句酌的图文，也可能在下一次讨论中因为有了新的知识点而被推翻重来。

上海自然博物馆里有一个“达尔文中心”展区，是一块展示面积小但集中反映许多进化理论的展示区域。钟扬对这一区域非常重视，专门抽出一整天的时间对这个展区的图文展板进行逐字逐句的审核，力求在这个展区内容上体现国际最前沿的进化理论和观点，希望展板能做到与科学发展的高度和速度同步。

位于生存智慧展区的兰花螳螂展项一度成了困扰上海科技馆展教服务处教育研发部主任徐蕾的难题。“虽然大家都知道兰花螳螂的拟态，但我们想要做一个景箱，高度仿真再现兰花螳螂的自然生存状态，这就涉及如何采集到兰花螳螂的标本，并复原真实生态环境下的其他生物物种，由于我们并没有去过兰花螳螂的产地，不了解具体的周边环境是怎样的。”钟扬了解情况后，马上查找兰花螳螂的相关资料，并且联系他的一位外籍本科生采集标本。

2015 年 4 月，上海自然博物馆新馆正式开放，此时的钟扬也没有闲着，而是变身为志愿者，不但逢人推荐自然博物馆，更是自己到自然博物馆当起了义务讲解员。

不仅如此，上海科技馆主办的各项科普教育活动，比如上海科普大讲坛，以及“自博之夜”“未来科学”“达人带你逛”等科普活动，只要钟扬能抽出时间，一定会到场分享一堂生动的科普课。

2017 年 9 月，上海科技馆科学传播与发展研究中心副主任宋娴因为上海自然博物馆的事情，再次找到钟扬。

“钟老师，打扰您了，我们又有个事情想请您帮忙。科技馆的一个展区里有两个基因室，这个您是知道的。我们现在觉得这两个基因室里面的内容比较旧了，想跟您讨论一下，看看怎么更新，不知道您方不方便？”

钟扬一听是科普的事情，满口答应："没问题。"

宋娴听钟扬答应了，松了一口气，又不好意思地补充说："钟老师，这两个基因室里涉及的内容比较多，而且这个项目也没有太多劳务报酬……"

钟扬依旧爽快地说了三个字："没问题。"

## 03

## “偏执狂”有一颗纯粹的心

万米高空上，CA3966，上海—拉萨。

“打开遮光板，调直座椅靠背，收起小桌板。”飞机即将下降，熟悉的播报声在乘客耳旁响起。

“调直座椅靠背，收起小桌板，这些我都能理解，可为什么要打开遮光板呢？”飞机即将抵达目的地拉萨，空姐正在机舱里进行安全检查，却被一位乘客叫住了。

这名乘客正是钟扬。空姐虽然有些意外，但也只是以最简单直接的方式回答了这个问题：“先生，我们培训时就是这样讲的。”

“我得查查，为什么要打开遮光板？”在钟扬心里，这个疑问并没有随着这一次飞行的结束而消散。

在此之后，虽然钟扬一如既往地在青藏高原的千沟万壑之间穿梭，但是“为什么要打开遮光板”这个问题却早已埋在了他的心里。此后，只要他碰到航空公司的人，就会去咨询这个问题，但还是无果。最后，他终于在乘坐一趟国际航班时得到了答案。

同样的航班，同样的飞机下降播报，得到答案的钟扬又遇到那个之前被他问住的空姐。

“你现在知道为什么了吗？”他叫住那个空姐，重复那个问题。

“还是不知道。”空姐虽然觉得很诧异，但还是坦诚作答。

“我给你讲讲啊。早先的飞机，质量没那么好，起飞和降落时都存在危险，尤其是降落的时候发动机容易着火，发动机在翅膀上，驾驶员看不见，打开遮光板，这样乘客可以看到窗户外的情况，发现问题能够及时告知驾驶员。这是早先民航的培训教材，几十年没改过。现在飞机已经很安全了，你们应该把这个教材改一改了。”钟扬把自己听来的知识一转手就变成了一堂科普课，讲给这个一脸诧异的空姐听。

“我说钟老师，你怎么这么锲而不舍啊？你看你都把这位美女空姐问得不好意思了，我都替你觉得尴尬。”一旁的同事看不下去了。

钟扬却一脸正经：“我不觉得尴尬啊，我是真的好奇，而且我就是想把这个好不容易得来的答案跟人家分享一下嘛。”

钟扬喜欢刨根问底的精神，从小就已经显现出来。

在钟扬上小学二年级的时候，他在书本上读到了有关电池的知识，回家以后，他就用家里的盐和醋去改造家里手电筒里装的电池，结果这些电池统统报废了。不过，当钟扬的母亲王彩燕看到这一堆废电池的时候，她不仅没有责怪钟扬，反而鼓励钟扬去探索生活中的科学道理。

从此以后，王彩燕为了满足钟扬对科学的好奇心，同时为了不让他在家里搞破坏，就带着钟扬去中学的化学实验室观摩，带着他去蓄电池用硫酸厂参加生产。

母亲的培养，让钟扬从小养成了勤于实践、善于思考、敢于质疑的品质，而这些品质，也是成为一名科学家必备的特质。

因此，二三十年后，当钟扬已经成为业界知名的大科学家时，他更希望引起更多的人对科学的兴趣，引导他们走进科学的殿堂。

“他会追问，而且是追到底。这就是科学家和普通人的区别。”杨亚军在给学生讲“生命科学导论”的课程时，会把这个故事讲给每一届学生听，他希望给学生一些思考，“不是每个人都去研发新药，成为科研大牛。如果能够投身工艺流程的改观和质量控制的提高，也是大有可为的。做一些看似普普通通但实实在在的事情。”

“现在，我们在复旦大学的实验室，就讲一讲科学实验吧！我今天就讲讲长颈鹿的实验故事……”

在钟扬的学生陈科元的回忆中，钟扬每次给小朋友做科普录的音频文件，只有 10 分钟左右，但他一录就是四五个小时，中间可能一遍一遍修改、重新录制。有的地方，可能他的普通话带点湖南方言，就因为错了一个字、一个发音，一个前鼻音和后鼻音的区别，他就说，要重新录一下。

学生赵宁同样记得钟扬为了参加演讲或者讲座，对着镜子练习的事情。为了准备一场演讲，钟扬会对着墙面或者镜子自己练习好多遍。有一天晚上，钟扬到了西藏已经很晚，他吃完饭回去休息的时候已经是凌晨三四点，可早上六点钟，就有同学发现他已经开始了演讲的练习。

“讲得好是故事，讲不好那就是事故了！”钟扬跟学生开玩笑说。为了确保自己的课能够吸引听众，钟扬还会去研究相声和小品的表演技巧，让大家在轻松幽默中不知不觉走进科学的殿堂。

这就是钟扬对科普的爱，表面上看，他爱得近乎偏执，实际上却正映照出钟扬的一颗纯粹的科学之心。

# 04 再也无法兑现的诺言

2017年7月5日，浙江杭州，西溪湿地。

钟扬刚刚接受了“一席”的邀请，来到他们的录音棚准备录制科普节目。

“钟老师，您想讲什么？”

钟扬说：“如果你们注重热点效应，我可以讲转基因问题。如果是让我自己选，我想讲关于西藏的种子故事。”

一段关于青藏高原种子采集的故事，钟扬就这样娓娓道来：

“作为一个植物学家，我最喜欢的植物是蒲公英，如果发现它开花并且结了种子，我会用手抓一把，一摊开里面一般有200颗。我最讨厌的植物是什么呢？椰子。那么大一颗，8000颗的样本数量，我们需要两卡车把它们拉回来。

“光核桃呢，实际上是光核的桃，不是光的核桃。我们所有的桃子中间的那个核都是皱皱巴巴的，有皱纹，而它没有，是光的。这个桃子有什么用呢？没什么用。目前查来查去，大概它最大的用处就是在藏药里面有少许的用途吧。但是我们需要它，也许它就像猕猴桃一样，多少年以后它终于可以跟我们的水蜜桃杂交了。杂交完以后显然我们想它有什么优点呢，水蜜桃很好吃，那光核桃有什么优点呢？它抗虫、抗病、抗旱、抗寒。所有这样的优点，我们就可以通过非转基因的方式，经过杂交，再加上自然选择，来获得一种新型的桃子品种。

“所以我们知道潜在的意义是很大的，在潜在意义兑现之前，要紧的是先把它收集起来。一个桃子里面有多少种子呢？一个里面一颗。所以我先收集 8000 颗，8000 个桃子，装了两大麻袋，把它们运回拉萨放在我的实验室里面。如何把里面的种子取出来成了一个关键。如果有自动化方式就非常好，但是没有，也没有合适的尺寸。所以我就摆在门口，铺了一个台子，所有路过的老师和学生，每个人必须尝一尝。

“尝多少呢？7 颗。我们认为如果超过了 10 颗，很多同志一辈子都不想再见我了。这 7 颗拿了以后，他们都非常淳朴，特别是藏族朋友，一边吃一边呸呸，然后告诉我这个东西不能吃。他们说：老师，你采错了，它真的不能吃，而且很不好吃。确实，我也知道不好吃，因为它以前就是猴子吃的。可是我们必须这样把它们吃完，用牙刷好好地把边给刷干净，刷完了以后再用布把它擦干，擦干以后必须晾干，因为不能暴晒，暴晒以后种子质量就会坏。”

钟扬还曾经把科普的课堂搬到了青藏高原。

2017 年暑假，正在上海市实验学校上初中的学生朱薪宇跟着钟扬参加了一次种子采集工作。

朱薪宇被恶劣的野外采集环境震住了。除了随时可能面临的高原反应、恶劣的气候，还有一条转弯之外就是万丈悬崖的公路，许多桥梁边上甚至都没有扶手……

朱薪宇是在钟扬的一次公益讲座中认识他的。当时，钟扬一句“每个人

钟扬在种红树

都会死去，但我想为未来留下希望”深深感染了朱薪宇。他随即找到钟扬，请他指导自己的科研小课题。

没想到钟扬马上答应了下来。朱薪宇走进了复旦大学生命科学学院的实验室，跟着钟扬做实验，然后又一脚踏上青藏高原，跟着钟扬亲身体验采集种子的过程。在钟扬的指导和鼓励下，朱薪宇在实验室里成功提取了纯度较高的拟南芥 DNA 。

在钟扬的指导下，朱薪宇的论文《西藏拟南芥适应能力分析》也获得了第 32 届上海市青少年科技创新大赛二等奖。

而今，朱薪宇已经申报第 33 届创新大赛，他申报的课题是“用杂交方式探讨西藏高海拔拟南芥的适应性”，课题还是和青藏高原的植物有关，但这一次，他却再也得不到钟扬的指导了。

钟扬在课堂上

同样遍寻钟扬而不得的，还有一位名叫陈思涵的高中生。

2016 年 7 月 14 日，“青少年高校科学营”复旦大学分营在复旦大学开营，在科学营的首场大师讲堂中，钟扬向在场的中学生讲授了一堂精彩的讲座，他结合自己求学以及在西藏做科研的经历，讲述何为生物多样性及生物多样性之美。

“为什么熊不得糖尿病？”“鲨鱼的软骨真的能抗癌吗？”“青蒿素是怎样被发现的？”“除蛇毒之外还有哪些生物毒素能入药？”钟扬在讲座一开始就提出了一系列有趣又猎奇的问题，把正坐在下面听讲的陈思涵的兴趣一下子调动了起来。她感到钟扬好像筑起了一个强大的磁场，紧紧地吸引着她。

讲座完毕，到了公布导师的环节，陈思涵惊喜地发现，自己的偶像钟扬老师竟然成了自己的导师！

科学营活动的时间并不长，却让陈思涵对“大师”有了新的定义。

在陈思涵的脑海中，大师往往都是学识渊博、自持身份而不苟言笑的，但是钟扬这个大科学家穿着朴素、谈吐风趣却又平易近人。

在陈思涵的想象中，大科学家似乎无所不知、有问必答，但钟扬虚怀若谷，他曾说：“别以为科学家就什么都知道，科学家也有不知道的东西，你有问题尽管来问，我们一起探讨。”

可就在陈思涵想着什么时候能再听钟老师讲课的时候，钟老师却“离开”了。

陈思涵知道“离开”的含义，可她却仍然希望这只是一个谣言。她还想办一个微信公众号，专门破解谣言……

曾与钟扬合作863项目的科技部中国生物技术发展中心副主任孙燕荣也是钟扬的粉丝之一。了解到钟扬对科普事业的热爱，孙燕荣就试着邀请他到自己孩子上学的北京史家小学给孩子们上一堂科普课。

那一堂科普课是为五年级的孩子讲的，钟扬起了一个题目：小实验、大科学。在钟扬的口中，一个个小故事以极具趣味的方式信手拈来，开启了孩子们热爱科学的幼小心灵，他用孩子们的语言，为孩子们开辟了一个科学的殿堂。

那次讲座之后，钟扬立马成了孩子们心中的“科学大王”，有的学生听说是孙燕荣邀请这位“科学大王”来讲课的，就拉住孙燕荣问：“阿姨，钟老师什么时候再过来给我们上课啊？”

孙燕荣一听，心里十分难受：“钟老师再也回不来了，他不能再给你们讲课了。”

谁知道，他“哇”地就哭了出来：“阿姨，我特别喜欢钟老师，我想学生物，可是以后我不学了，因为我只想做钟老师的学生……”

钟扬到底默默做了多少场科普讲座，参与了多少科普工作，没有人能够完全统计出来。他曾跟人讲过，自己做科普，为的是唤起大众对科学研究的重视，也为的是让更多的人能够在受到他的影响之后，加入科普的行列中来。因此，他多做一分，就能影响到更多的人。

钟扬有一颗为大众科学事业而跳动的心，但从不事事宣之于口。他醉心科学研究多少年，这颗科普的初心就默默跳动了多少年。

在与上海大学电影学院教授何小青的一次交谈中，钟扬偶然提起的一件事，让他印象深刻。

2017年夏天，钟扬又一次踏上了位于雅鲁藏布江大峡谷的墨脱县背崩乡。不过，这一次不是为了采集种子，而是为了科普——在背崩乡上钞希望小学，钟扬给这里的 160 多名门巴族学生上了一堂科普课。当他得知这个小学是曾任上海印钞厂副厂长的陈正老人创建的学校时，他还萌生了为这所学校拍纪录片的想法，一是为纪念已经去世的陈正老人，二是为了让人们关注西部地区的教育事业。

墨脱的条件很艰苦，不仅昼夜温差大，而且食宿条件也不能保障。当钟扬的讲座结束，他看到学校教学条件较差，就和校长说，他想个人出资捐助 10 万元，多少提高一下学校的教学条件。校长听后婉言谢绝："希望钟教授多来这里。比起钱，这里的孩子更需要您给他们带来科学的火种。"

钟扬一听，当即向学校师生承诺，有时间一定还来。

没想到，一向信守诺言的钟老师，这次再也无法兑现他的承诺了。

# 第七章

CHAPTER 7

# 生命中的最后 24 小时

任何生命都有其结束的一天，但我毫不畏惧，

因为我的学生会将科学探索之路延续，

而我们采集的种子，也许会在几百年后的某一天生根发芽，

到那时，不知会完成多少人的梦想。

# 01

## 24 日上午，9:00 最后一课

内蒙古自治区鄂尔多斯市城川镇，钟扬在城川民族干部学院开始讲座。

起初接到讲座邀请的时候，钟扬还不太了解这是一所怎样的学院，但一听对方解释，钟扬马上答应了下来：“没问题。”

城川民族干部学院是在中央民族大学的旧址上重建的。而中央民族大学，又可以追溯到 1941 年的延安民族学院，该学院在 1945 年迁至城川，并改称城川民族学院。作为中国近代史上第一所真正意义上的民族教育机构，城川民族学院培养了大批民族干部和从事民族工作的汉族干部。2017 年 7 月，为了恢复中央民族大学的老校址，国家民委在城川建起了民族干部学院。

钟扬一听学院的历史，立马爽快应承。他一向对国家少数民族的教育事业十分上心：他去西藏一开始只是为了采集种子、填补国家种质资源的空白，但是看到西藏大学学术发展步伐落后于内地的情况，就义务为西藏大学讲课，花大力气培养藏族青年人才。就这样，钟扬在西藏大学带出了藏族的第一个植物学博士，也带出了哈萨克族的第一个植物学博士。

这次来城川，学校让钟扬在内蒙古自治区党委办公厅第一期干部能力提升暨党性教育培训班上做题为“干部创新思维与创新能力培养”的专题讲座，一共两场。钟扬就打算讲一讲自己在西藏大学培养学生的一些经验，顺便把自己的种子故事也分享给这里的人们。

钟扬在工作

对于民族教育，钟扬说：“再好的教育理念和方法，在不同的民族背景下都有一个适应过程，这与生物的适应性是一样的——没有一般意义上的最优，只有对环境的适应。在许多复杂的问题上，也许并没有一般意义上的‘普适价值’，只有对特殊环境的适应意义。”

谈到自己在西藏工作的收获，钟扬说："西藏是中组部派我去的，也是我自愿的。援藏不仅是奉献，更多的是学习与收获。西藏丰富的生物性资源对于复旦和藏大的研究者来说将是一种双赢。"

钟扬说，自己去援藏，不仅是奉献，也是重视培养当地人才，提升科研实力，"在支援西藏大学的10年中，我们实验室培养出了第一个藏族植物学博士，西藏大学也拿到了第一个生物学自然科学基金"。

谈到未来在西藏大学工作的设想，钟扬说他有一个梦想：想通过自己领导的团队，将复旦和藏大的生物多样性科学研究推向世界。他说："想在藏大申请一个生物学博士点或许没有那么难，但是要将这项研究推向国际水平，不是一朝一夕能完成的。但是毕竟我们国内学者拥有青藏高原生物研究的先天优势，我相信这个梦想总有一天会实现。"

一上午的时光在不知不觉中过去，讲座结束，掌声雷动，不少参加培训的学员找到钟扬，想听他讲讲16年在西藏的经历。钟扬在会场停留许久，一一作答。

# 02

## 24 日下午，14:00
## 小纸片的约定

午餐过后，小睡片刻，钟扬的大脑又开始飞速运转起来。离下午的课程还有一个小时，钟扬突然想起来，之前跟科技部的孙燕荣商讨过，如何以寓教于乐的方式把孩子们带入轻松又好玩的科普世界。

钟扬大脑里闪现出一个想法，他马上打通孙燕荣的电话。

“孙老师，打扰啦，你没休息吧？”

孙燕荣知道钟扬肯定有事，就问他：“钟老师，是不是有什么事情？”

“是这样，咱们之前不是讨论过给孩子科普的话题吗？我刚刚想到一个好点子！”

“什么点子？”孙燕荣顿时来了兴趣。她感觉自己和钟扬非常投缘。钟扬有一对双胞胎儿子，小名一个叫大毛，一个叫小毛，而孙燕荣家里正好也有一对双胞胎儿子，小名一个叫军军，一个叫东东。恰恰他的两个儿子也是哥哥稳重、弟弟调皮，和孙燕荣的孩子一样。

钟扬说：“我觉得孩子们就应当到广阔的天地中去，去认识大自然、去认识植物、去看看青藏高原。等到明年的十一，我想专门设计一个给小学生定制的旅行团，而这一次旅行，将是一场科学的盛宴。具体的内容等过了十一我去找你，我们好好策划一下。怎么样？”

“好啊！钟老师定制的旅行团肯定又好玩又长知识！”

“哈哈，还得跟你多商量。另外，你上次不是说在史家小学的讲座大人和孩子们反映不错嘛，还可以再组织一帮孩子，我给他们上一堂科普课。题目我都想好了，就讲基因编辑！这个科普课，一定是无可比拟的，因为它是一个科学童话，让孩子们去演绎基因编辑，这是多美妙的一件事儿啊！”

“钟老师你这么忙，还记挂着孩子们的事情，孩子们肯定很高兴！先谢谢钟老师了！这样，你定了十一什么时候来，就告诉我一声，我马上联系科普课的事情！”

“好，一言为定！”

“好的，就是又得害你跑一趟了……”

“哈哈，孙老师你说的什么话，科普本来就是我工作的一部分！”

放下电话，孙燕荣忍不住马上在儿子班级的家长群里把钟扬又要来做讲座的事情告诉家长们，群里一下子都炸锅了，说孩子们最喜欢听钟老师做讲座了！

钟扬挂了电话，随手拿来一张用过的 A4 纸，撕下一半，在上面写下：

① 国庆节去北京，找孙燕荣，做讲座。

用小纸片记录待办事项，是钟扬多年来养成的习惯。这大半是由于钟扬对日常用品的爱惜和用笔记录的偏好。一页 A4 纸，钟扬经常要用来双面打印，如果还有半张纸空白，他会把半张纸撕下来，写上待办事项，揣进衣兜里，每做好一项就用笔划掉。

他又在微信里询问学生边珍关于英国牛津大学教授詹姆斯来复旦大学访问的情况。

詹姆斯是钟扬的好朋友，此番前来复旦大学，就是应钟扬之邀，为研究生上一堂论文写作课，并且和钟扬讨论暑期开班的事情。钟扬本来想借暑期的机会，开办一个高阶论文写作班，由他和詹姆斯等老师教授学生如何把论文写好，但由于钟扬临时接到城川民族干部学院的邀请，所以只得让学生边珍陪好詹姆斯。

“今天进展如何？”钟扬在微信里问边珍。

“挺顺利的，大家听讲的热情也都很高。”

“那就好！你就负责陪好詹姆斯老师。”

“钟老师放心，我们每天在一起吃饭聊天，从《千与千寻》聊到了《水浒传》，顺便还干掉了您留下来的一瓶红酒。”边珍发去了一个嬉笑的表情，又问：“您那边呢？”

钟扬回复：“明天下午回上海。”

“那估计您见不着詹姆斯了，他明天一早的飞机。”

“那你好好送送他。我回头找他商量开班的事情。”

聊完以后，钟扬在小纸条上记下：

② 高阶论文写作班开班。

写完待办事项，钟扬开始对下午的讲课内容做最后的梳理。梳理完毕后，他走出宾馆房间，到城川民族干部学院完成接下来的讲座。

## 03

## 24 日夜，23:38
## “何不讲讲黄大年？”

正在赶着写剧本的钟扬，收到了复旦大学研究生院副院长楚永全的微信：近期党支部组织生活，大家想请钟院长讲一次党课，带大家学习黄大年的先进事迹。

钟扬想起走之前，院里曾经讨论过这次党支部活动的议题，后来一致决定围绕地球物理学家黄大年的先进事迹，让钟扬讲党课。楚永全认为，钟扬和黄大年很熟悉，由他来讲再合适不过，再者说，钟扬有着强烈的事业心和责任心，热爱科研、坚持援藏、勤奋忘我，大家都认为他是大家身边的黄大年。

“黄大年啊！”钟扬心里默念着黄大年的名字，微微皱起了眉头。黄大年为了祖国的深部探测事业连命都不要，正是为国效力的年纪，就这么去了，真是可叹、可敬、可惜！

他点开研究生院的微信群，就召开党支部会议时间征求其他院领导意见，“圈”了所有人：“我们何不在 26 号下午花一个小时开个会，讲讲黄大年呢？”

时间是 24 日夜里 23:38。

钟扬为学生上党课

钟扬上党课

钟扬随即拿出下午记的那张小纸条，在上面写上：

③ 26 日下午，研究生院党课，黄大年。

写完以后，钟扬又在黄大年的名字下画了一道线，后面加了一个“！”。

剧本的写作进程暂停了下来，钟扬开始梳理近期的其他待办事项。他想起之前一直撺掇着自己的好友、南京理工大学副教授黄梵去趟西藏，也不知道他考虑得怎么样了。

“老同学，你打算什么时候去西藏啊？”

黄梵也是个夜猫子，收到钟扬的微信，他又在犹豫。黄梵有严重的高原反应，去青海只要三天就头痛欲裂，没法行动，那时的海拔只有 2600 米。但钟扬早就希望黄梵能去青藏高原看一看：“作为一个作家，必须去一趟西藏。”他们之间还有一个约定：拍摄一部关于植物学家登山的电影。

“你别忘了咱们还要一起拍电影呢。”钟扬提醒他。

“我记着，可我这一旦去了，有高原反应怎么办？”他说，但他记着钟扬跟他说过：“你放心！我大不了陪着你嘛。”

“那好办，我正好 28 号要去西藏，你可以 29 号过去，我去陪你三天，带你看看常人看不到的风景，做一些交谈。”

“那好。你帮我订票吧。”黄梵答应了下来，他知道钟扬还有很多故事想跟他说，有很多故事想写进这部小说里。

“好的，我来安排。”

钟扬在手机上买好一张机票，放下手机，思索起这个登山者的故事。钟扬的想法是，通过一个科学家去西藏寻找雪莲的故事，把登山和植物研究结合起来，然后通过这种结合，传达一种超越一般价值观的精神。

在登山界，有两种登山方法：喜马拉雅式登山和阿尔卑斯式登山。喜马拉雅式登山，领队就是保姆，车辆、线路、吃、住等都由领队考虑，登山者只管走，背不动会有背夫帮忙背；而阿尔卑斯式登山的精髓是，不依赖他人，不靠外界的补给，完全或主要靠登山者自身力量去攀登。

英国人乔·辛普森是阿尔卑斯式登山的坚定践行者。

而对于植物学家来说，也有两种途径来研究课题，一种是利用各地标本馆已有的标本和种质库储存的样本，或是将采集样本的工作交给一些服务于科研单位的采集力量，回到实验室研究；另一种是亲自采集，全程自行把控。

钟扬是后者的践行者。

钟扬曾和黄梵聊起乔·辛普森，他说乔·辛普森是他的偶像。

钟扬当时很严肃地说：“我们过去对登山对科学的研究，都会赋予一种所谓成功的意义。登山一定要成功，科学研究攻关一定要成功。这是一种比较糟糕的观念！其实登山，有时候失败比成功更有价值，它体现的是一种精神；在科学研究方面也是，你做了很多次攻关都成功不了，但它体现的这种精神是代代相传的！”

有时候失败比成功更有价值。两人一拍即合，钟扬让黄梵先写小说，还让他把自己作为这部电影的原型，他们还给电影取了名字，叫作《失败者的故事》。

在黄梵写小说的同时，钟扬也在着手写这部电影的剧本，尽量还原一些野外采集的真实场景。

除了日常的科研、教学和管理工作，他的手头同时在做着几样自己感兴趣的工作。

一部关于“全球变化”的寓言小说正在成形，钟扬把它取名为《蜗牛，快跑！》。他曾跟人提起过：“我没有写‘全球变暖’，什么北极熊热得受不了了，你一猜就猜出来要写啥了。我写的是‘蜗牛历险记’。蜗牛怕什么？全球变咸。你看小孩折腾土蜗牛（鼻涕虫），就给它撒把盐。对蜗牛来说，全球变暖一点问题都没有，打仗也跟它没关系。它一直过着和平美好的生活。突然全球变咸了，它的身体一点点地缩小。当然，我的小说有一个极光明的尾巴，因为蜗牛特聪明，海蜗牛居然进化成了第一个光合作用动物。我拐了一道弯来写全球变化。其实，写科普也得要创新，这跟搞科研一模一样。”

钟扬还想写一篇关于酒的文章。钟扬喜欢酒文化，号称和各国学者都有过喝酒的经验，俄罗斯的、美国的、日本的，他说酒文化的背后是不同国家的学术环境与文化，他想就这个话题写一篇文章。为了他喜欢的酒文化，他有一次还专程到西藏和云南德钦的交界处一个叫盐井的地方考察过。他当时给拉琼打电话说，那个地方的民众信基督教，因为西方传教士在那个地方落过脚，那里有很多教堂和葡萄古树。钟扬据此判断，那里的葡萄应该是从欧洲传过来的，如果现在再去采样，而恰恰这些品种是欧洲已经灭绝的，又恰恰是做优质葡萄酒的葡萄的话，岂不是很好？

钟扬还在进行一部小说的写作。他曾对媒体透露说，他原本想写六世达赖仓央嘉措，为此收集了很多资料，但后来考虑到比较敏感，又觉得写五世达赖会不会更好一点？

钟扬还几次跟人提起，他在退休以后，想写一部关于家的小说，他已经想好了名字，就叫《根》。钟扬说，这和美国黑人作家亚历克斯·哈利写的家史小说《根》同名，但作为研究分子系统发育方面的专家，他想谈谈自己家族的基因起源故事。他永远记得《钟氏家谱》里的一段话："若诸家齐，国则盛矣。而国家民族之兴旺与否，又决定家族、氏族之命运也。"

睡觉前，钟扬在那半张 A4 纸上写下：

④ 黄梵，CA3936，9 月 29 日 17:05，贡嘎机场。

04

## 25日清晨，5:00
## 毫无征兆的清晨

清晨5点，天色微明，学校帮钟扬约好的出租车到达宾馆门口，钟扬已经在门口等候。

夜里钟扬只睡了两三个小时，刚上车，钟扬嘱咐了司机一句："银川国际机场，注意安全。"

钟扬不太放心司机，担心他一晚上没休息好，就在后座上跟司机闲聊了几句，发现司机精神状态尚可，一路畅通，天色也微微亮了起来，多少放下心来，接着困意渐渐袭来，一会儿就睡着了。

意外毫无征兆地发生了。根据警方通报："这起车祸发生在鄂尔多斯市下辖的鄂托克前旗，时间为25日清晨5点至6点间，当时钟扬所乘车辆与一辆铲车相撞，造成一人（钟扬）死亡。"

阳光照在路旁的土黄色铲车上。

风骤起。

越来越多的人赶来了，救护车赶来了。

伤者被从车里抬了出来，车里的一个角落，放着那个熟悉的双肩包。肩带早已磨破，已经用了不知多少个年头。里面装着厚厚一沓纸，那是钟扬还没来得及写完的剧本。

人们把伤者抬到救护车上时，一张被血染红的纸从伤者的衣兜里掉了出来，上面用凌乱的笔迹记录着：

① 国庆节去北京，找孙燕荣，做讲座。

② 高阶论文写作班开班。

③ 26 日下午，研究生院党课，黄大年。

④ 黄梵，CA3936，9 月 29 日 17:05，贡嘎机场。

钟扬和藏族群众在一起

# 第八章
CHAPTER 8

# 种子天堂

刚去西藏那会儿，看到了西藏大学学科建设的情况，
我就决定要做好西藏大学这一块儿的工作。
现在一转眼都16年了，就像是从襁褓里的婴儿，
最后成为一个非常伟岸的男子汉，这就是成长。

# 01

## “发错了，发错了！”

2017 年 9 月 24 日夜，平时倒头即鼾的钟美鸣，一夜失眠。

24 日，钟美鸣像往常一样，通过微信和儿子交流，他发给儿子一张自己和老伴的近照，儿子马上回复点赞，跟二老问安。

25 日早上 7 点，钟美鸣心里不安，又给钟扬发了十几张照片，可这一整天，钟美鸣看看手机，怎么还不见儿子回复？转念一想，儿子太忙，晚点回复是常事。

在父母眼里，儿子忙起来，是典型的“三过家门而不入”的类型。当初钟扬大学毕业后，被分配到武汉植物研究所，二老很高兴，因为武汉植物研究所离家不远，想着钟扬随时能回家看看，一起吃个饭。没想到儿子不仅蜗居在单位的集体宿舍里，而且经常加班，有时一周都难得见上一次面。

后来钟扬被调到复旦大学，见面的机会就更少了。回去一趟，往往是放下东西就走，话都说不了几句，或者有时钟扬来武汉出差，忙得连回一趟家的工夫都匀不出来，只能拜托学生或者同事给父母送点东西。

2016 年的一天，钟扬的母亲王彩燕因为儿子经常不回她的微信，心里憋着千言万语想要跟他说，无奈之下只好写了这样一封长信：

“……扬子，身体是自己的，也是家人的。自己有病只有自己最清楚。要自己保养，自己下决心去治疗。身体第一，钱、名、利都不重要，重要的是要有个好身体。留得青山在，不怕没柴烧。

“……扬子，你现在对酒是不沾了，这一点我们放心了。但你现在仍然太忙，工作第一，对身体重视不够。想到你的身体，我就急。不能去上海，不能为你做点什么，心有余而力不足了。写着写着，头昏眼花了，只好停笔。太啰唆了，耐心一点看完……”

这次，王彩燕又安慰钟美鸣：“扬子应该是在路上，坐飞机，倒时差呢，他明天看见就回复你了。”

这个时候，他们还不知道，钟家在湖南和广东的亲戚已经聚在楼下，把钟美鸣家的网线偷偷断掉了。

这天，武汉的几位好友聚在一起，敲开了钟美鸣家的门，可坐下闲聊了一会儿，只是说看看他们二老，又找个借口走了。

钟美鸣心里默默嘀咕：“今天这是怎么了？”钟美鸣顺手拿起手机，点开微信，还是没有钟扬的回复。

正在这时，手机“叮”的一声响了起来，一条短信就这么冒了出来：

“噩耗传来，万分震惊，拜请二老节哀！”

钟美鸣看见这条没头没尾的短信，吃了一惊。什么噩耗？谁去世了？这是不是发错的信息？

钟美鸣马上电话老友，老友一听他们尚不知情，话到嘴边，又变成：“发错了，发错了！”王彩燕已经明白几分，可她怎么也不肯相信，马上给钟扬发微信：“扬子你在哪里？马上回复。”

微信显示：您有一条消息发送失败。

钟美鸣心里难受得厉害，马上拿起手机，把电话打给了张晓艳父母。

2017年9月25日这天早上，和其他日子并没有什么不同。张晓艳从双人床上醒了过来，望了空空的枕边一眼，然后起床，做饭，盯着钟云杉吃完上学，自己又匆匆吃了一口，就准备出门上班。

“钟扬是今天回来吧？”母亲问她。

“嗯，他昨天在内蒙古讲课，应该是今天就回来了。”

“好不容易回趟家，晚上叫他回来吃饭吧。”

“嗯，我跟他说一声。先走了妈。”

张晓艳默默叹了口气，她也不知道钟扬晚上能不能回来吃饭。

正想着，突然有电话进来了，是南蓬。

“张老师，我是南蓬，你在哪儿呢？”

“正准备出门，怎么了南老师？”张晓艳隐隐觉得南蓬的语气有点不对劲。

“哦，没什么事儿，就是钟老师今早上不是去机场赶飞机嘛，他可能在路上出了点小车祸，我们也在了解情况，你先在家里等一会儿，别着急，我们这就过去找你。”

张晓艳大脑里“嗡”的一声炸了，随即出现了一系列她想象的画面：青藏高原上的山体塌方，一块巨石整个落在钟扬野外采集的必经之路上；山上遍地的砾石十分松动，一脚踩下去没踩稳就可能摔下山去；痛风发作的时候，每走一步都疼得冒汗，可钟扬还要坚持走在前面……

“他出这样的事情，概率还是很高的。”张晓艳只喃喃地说了这一句话，就挂了电话。她心里很乱，不知道这次又有怎样的命运在等待着她，等待着这个家。

南蓬和赵佳媛到了楼下，约上张晓艳到学校旁边的咖啡店喝咖啡。

三个人沉闷地喝了一会儿，南蓬慢慢跟张晓艳解释：“钟老师坐的车撞到了停在路边的一辆大铲车，钟老师已经被紧急送往医院，现在正在紧急抢救。”

张晓艳不再说话，她满脑子里想的都是钟扬宽慰她的话：“我还有那么多事没做完，老天爷不会就这样把我收走的……”

三个人焦急地等待着进一步的消息。时间过得特别慢，一分一秒都是煎熬。

终于，复旦大学那边传来了令人悲痛的消息……

“我没有时间悲伤。”张晓艳一边跟复旦大学联系善后的事宜，一边跟公婆家那边的亲戚们商量先瞒着二老。她跟亲戚们商量好，25 日晚要先让二老睡个好觉，能瞒多久瞒多久。同时她赶紧联系钟扬在武汉的亲戚，让他们赶到二老楼下照应着。

可武汉的亲戚发现，消息根本瞒不住，媒体上已经全都在铺天盖地地转发。他们知道，二老平时是看微信的，一看朋友圈估计就能看到。

“那就把网线拔了吧。”张晓艳跟亲戚商量。

“从物理上可以把家里的插头拔掉，可拔了以后，他们发现如果没有网的话，可能自己会再插上。我们干脆直接打电话到电信公司，把他爸家里那个网关掉。”

事情总是瞒不住的。25 日下午，一位老同志得知消息后，给钟美鸣发了信息，二老心里疑惑，把电话打了过去。

“怎么回事？哪位去世了？”对方一听，钟美鸣和王彩燕根本还不知道情况，心里暗想坏事了，嘴上赶紧说：“发错了，发错了！”就挂了电话。

钟美鸣前思后想还是觉得不对。如果前面是发错了还好解释，可“拜请二老节哀”又是怎么回事？这明显是发给他们的啊。

钟美鸣再一次把电话打了过去，对方没办法，还是一口咬定“发错了”。

钟美鸣心里越来越焦躁不安，王彩燕已经忍不住哭了出来。钟美鸣一边安慰老伴，一边赶紧给张晓艳父母去电话，可张家二老也是支支吾吾：“听说是出了一点事儿，晓艳已经带着大毛去机场了……”

张晓艳的手机马上就显示出钟美鸣的来电。张晓艳强作镇定，等着电话响完，自己赶紧打给聚在钟家楼下的亲戚：“赶紧，你们赶紧上去！……上来了吗？”

“我们上来了，在按门铃了！”

张晓艳这才赶紧把电话回给钟美鸣：“爸，您千万别着急……钟扬出车祸了，没抢救过来……”

钟美鸣沉默半晌。

而后，电话那边爆发出二老撕心裂肺的哭声。

直到这个时候，张晓艳的眼泪才随着电话那头的眼泪一起流了下来。

她脑子里紧紧绷着的那根弦，终于有了一瞬间的放松……

## 02

## “钟扬再也不能为你们做事了……”

2017 年 9 月 29 日，最后送别的日子到了。

复旦大学生物楼东侧挂满了千纸鹤，倾诉着百千份哀思；银川的遗体告别会会场摆满 700 多个花圈，变成了花的海洋。

钟扬生前同事和合作伙伴赶来了，数十所高校的老师赶来了，还有很多中小学生和家长也赶来了，其中很多人只是听过他的一场报告。人们送的花圈实在太多，灵堂摆不下，只好摆在了广场上。

路过的民众看到了，都在问：“这是哪位大领导？怎么有这么多花圈？”

和钟扬只有一面之缘的西藏大学财经学院副书记旺宗听到钟扬离去的消息号啕大哭：“怎么这么好的一个人就这么走了？”

一位从复旦大学研究生院离休的老先生，腿脚不便几乎不能行走，但流着泪说：“我是新中国成立前参加革命的，钟院长对我来说，和革命当中的牺牲者是完全一样的！”

钟美鸣赶来了。

9 月 26 日一早，钟美鸣从武汉奔赴银川。在路上，钟美鸣还存有一丝希望，他多么希望这一切只是一个梦，多么希望自己到了银川，钟扬到机场来迎接他，告诉他，这只是大家跟二老开的一个玩笑！

直到下了飞机，走到遗体告别会的广场，看到如花海一般的花圈，钟美鸣才终于强迫自己面对这个事实：钟扬，他那个一直都非常优秀的扬子，真的已经走了！

这天，银川的天气特别好，钟美鸣第一次发现，北方秋天的阳光居然也这么刺眼。他一步一挪地走到钟扬遗体存放的地方，看了一眼，便不忍心再看。

治丧委员会的成员们聚了上来，安慰的话到了嘴边，却怎么也说不出口。

反倒是钟美鸣看着大家欲言又止的样子，出言安慰说："其实我和他妈妈是反对他再上西藏的，因为他的身体状况，他做完手术之后，医生跟他建议不适合上西藏。但是钟扬说：'我还有很多事情要做，那边还需要我，我希望我还能够再做 10 年……'"

钟美鸣停了停，忍不住说："真是可惜啊，钟扬再也不能为你们做事了！"

所有在场的人，泪流满面！

千里之外，王彩燕静静地坐在家里的沙发上，拼命抑制住心里无边无际的思绪。连续很多天，母子相会梦中，儿子的音容笑貌一次次清晰地浮现在眼前——

每次回家，肩膀上背着又大又沉的黑色背包，满眼血丝却精神饱满的钟扬。

将任何待办事项都记在小纸条上，各项日程分清轻重缓急、有条不紊的钟扬。

每次临走时，叮嘱高原缺氧、劳逸结合后总应一声“妈我知道了”的钟扬。

……

她知道，钟扬对这个家总是心有愧疚。他曾对人说：“我 15 岁就离开家在外求学，这么多年一直在忙碌着，和父母见面的机会不多。今年，我父亲得了重病住院，我放心不下，这才每个月回家去看看他们。还是那句老话：忠孝不能两全！”

忠孝不能两全！

可如今，父母等到的，却是白发人送黑发人的凄怆。

王彩燕本是老病号，身患冠心病等五种病。可是儿子离开后，她买菜洗衣、做饭待客、迎来送往、收发邮件、照料丈夫……一切如常，异常冷静。

可这一切如常的背后，没有人知道她身上背负的，是如何剧烈的疼痛！这如山如海的疼痛，在不断有人前来看望时，终于让她止不住痛哭：“让他去，他为国家做事，就让他去忙，守着我们两个老人，那样的人没有出息……我们总是这么想，让他去……”

03

## “12 年前的全家福”

钟扬在上海的家，是单元楼里一套 130 平方米的房子，除了他们一家四口，张晓艳的父母也住在这里。

屋子里有一面照片墙，记录着一家人的点滴生活和两个孩子的成长瞬间。可钟扬的身影却鲜少出现在这面照片墙上。

张晓艳说：“钟扬最近一次和家人的合影，是 12 年前的一张全家福。照片里，两个孩子坐在游乐园的设施上，一旁的大人笑得灿烂。”

每次张晓艳看着照片墙，总觉得少些什么，催着钟扬什么时候能补照一张全家福。有好几次，钟扬本来已经答应好，陪家里人出去走走，顺便补照一张，可往往是答应了又临时有紧急工作，每一次都遗憾缺席。

“爸爸不靠谱！”这是两个孩子从小就挂在嘴边的一句话。钟扬答应他们的事情，有一两件事情能够兑现，已属难得。

钟扬实在太忙，带孩子基本上全靠张晓艳。随着孩子慢慢长大，教育的问题出现了，需要夫妇两人一起商讨。

虽然两个孩子继承了钟扬和张晓艳的优秀基因，但这种优秀的基因在一开始并未体现在学习成绩上。

钟扬有时会和同事杨亚军聊聊自己的孩子。杨亚军记得，钟扬的两个孩子读小学的时候，是班里有名的“差生”，一个考倒数第一，另一个考倒数第三，回到家里，两个孩子常常就“谁才是最差的”这个问题展开讨论，吵得不亦乐乎。钟扬开玩笑说，为了帮助他们找到答案，自己就把两个孩子转到了一个班，结果是：一个倒数第一，一个倒数第二。

“你怎么能笑着谈这样的事情，一般家长都要崩溃了。”杨亚军不解。

“崩溃的不是我，我去开家长会，被他们的班主任臭骂了一顿。班主任说因为班上有这俩活宝，他月月没奖金啊。”钟扬继续笑着跟他讲述。

上了中学以后，两人的性格渐渐凸显出来。哥哥钟云杉数学不错，理性

钟扬全家福

思维能力强，但就是迷上了打游戏；弟弟钟云实敏感度高，感性思维能力不错，喜欢踢足球。

“我想通了。一个孩子喜欢打游戏，打游戏也可以成人才。一个孩子喜欢拆家里的电器，以后可以去学做动物标本，那是一门手艺活啊，以后有口饭吃就行。”钟扬对于两个孩子的学习成绩并不苛责，他对孩子的未来做了这样的预想。

可能是男孩子的后发优势起了作用，哥哥钟云杉的学习态度，在上初三这年有了 180 度大转变。

他把精力从疯狂的电子游戏中抽了出来，要求给他加大学习力度。钟扬把他送到一家书院，每周六强化训练各科课程，每天就睡 5 个小时。

张晓艳看着儿子发愤读书很是心疼，还在想跟钟扬商量，能不能让他跟复旦大学附中负责招生的老师打个招呼，让钟云杉心里也有个底，可这事刚一说出口就被钟扬拒绝。钟扬说，他们家的家风一向如此，不想因自己的事情占公家的便宜，还让张晓艳告诉钟云杉，他能考成什么样子就自己考，上高中要全凭自己的能力。

好在钟云杉初三一年的加速冲刺，得到了应有的回报。在 2017 年夏天的中考中，钟云杉一举考上复旦大学附属中学。张晓艳很是高兴，奖励他去美国参加夏令营。

弟弟钟云实情况有些不同。他在上海上的不是普通的中学，而是上海西藏中学，全校只有他一个汉族学生。

张晓艳的同事谈论起来，都觉得这种安排对弟弟不公平：“你们是不是有点太偏心大毛了？”可事实却是，钟扬对小毛钟云实寄予很高的期望。他觉得云实和他小时候很像：在同学间很有号召力，是个“孩子王”，常常还有一些天马行空的想法。钟扬不想让云实的灵气被沉重的学业压垮，再加上云实确实对学习也不太感兴趣，他就产生了让云实长大后去青藏高原继续他的“种子梦”的想法。

父爱如山。

出于种种原因，钟云实没有参加上海的中考，但是学业不能荒废。钟扬就和张晓艳商量，是不是让钟云实出国读书，但是出国读书需要大量的资金，两人手里并不阔绰，只好把一套房子卖了。

因为房子卖得匆忙，并没有卖出很高的价钱，最后卖房的钱只能供一个人读书。

“钱是有了，可只能供一个人出国。”

“万一大毛说也要出去，那我们怎么跟他说？”

“那就干脆都不要让他们出去了。”

为公平起见，钟扬和张晓艳两个人商量好后，把钟云实送到昌乐二中，钟扬托他在那边的一个朋友多多照顾。

虽然家里的大小事务都是张晓艳在操持，但是升学读书这种大事，家里都是由钟扬最后拍板。

“我在家里大多数情况下是一个执行者。自己解决不了的事情，就交给钟扬。”张晓艳说，这是夫妻二人多年形成的默契。

# 04

## “他为科学而生、为事业而生、为理想而生”

1987 年，张晓艳在钟扬的“胁迫”之下，跟他领了结婚证。

1984 年，钟扬和张晓艳一块儿被分到了武汉植物研究所，两个人从相识、相熟到相惜、相爱，渐渐走到了一起，但就在此时，张晓艳被调到自己的故乡中科院上海植物生理研究所工作。

两个人成了异地恋人。留在武汉的钟扬天天想念她，后来就动员她回武汉工作，好让自己不再受相思之苦。

钟扬信誓旦旦地说：“植物分类学有很多事情要做。”可此刻的张晓艳却两面为难：她确实很珍惜自己和钟扬的感情，但是在那个年代，一旦调回武汉，再想回上海工作就难了。她的父母都在上海，需要她的照顾，自己这么一走又让彼此多了一份牵挂。

后来张晓艳回忆说，实际上，当时她更愿意跟父母在一起，因为父母只有她一个女儿。而且在那个年代，工作都是国家统一分配，如果从上海调走，再想调回去工作是非常困难的。

最终，爱情的力量还是战胜了其他因素。经不住钟扬的劝说，张晓艳终于下定决心，返回了武汉植物研究所。

1987 年 3 月，武汉火车站，从上海到武汉的列车到站停靠，阔别三年的两人终于又聚在了一起。

钟扬到火车站迎接张晓艳，一见面，他就乐呵呵地说：

“我把证明开好了。”

“啊？什么证明？”一句话说得张晓艳一头雾水。

“就是我们的结婚证明啊。”钟扬说得一本正经。在当时，结婚都需要单位开具证明。

张晓艳大吃一惊：“怎么都没提前跟我说一声？我还没同意呢，怎么你就把这个证明给开了？而且单位也不应该啊，我还没回去呢，就给我开了？再说也没经过我同意呢。”

“我觉得没有问题，大家都觉得是可以了呀，是到时间了呀。”

钟扬一脸泰然自若的表情让张晓艳哭笑不得。后来他才跟张晓艳坦白：自己当时紧张得要命，生怕张晓艳不答应。

就这样，钟扬先是把张晓艳劝到了武汉，然后又“胁迫”她领了结婚证，两个人也没办什么仪式，为了一份纯粹的爱情，两个人相伴相守。

2002 年 9 月 9 日下午，复旦大学生命科学学院副教授南蓬接到了张晓艳父亲的电话：“南老师，我家晓艳早产了，你方便的话能不能来医院照看一下？”

此时的钟扬，正在外地参加一个申请 973 项目的讨论会，把临产的张晓艳一个人丢在了上海红房子医院的产房。

“是双胞胎！”南蓬赶到医院的时候，护士刚把一对双胞胎从手术室中抱了出来，送到了保温箱中。两个小生命很小，都不到 4 斤，柔软地蜷缩在保温箱里。

10 日凌晨两点多的时候，钟扬终于赶了回来。他看着躺在床上的张晓艳，怜爱的眼神里充满愧疚。错过了孩子出生的第一时间，没能看到孩子出生，钟扬决定，以后孩子的生日都不要再错过。而钟扬工作又太忙，往往抽不出时间来照顾孩子，因此两个人约定，孩子 15 岁之前主要由张晓艳照顾，15 岁之后交给钟扬。

后来钟扬一头扎进了青藏高原，照顾孩子的机会就更少了。2010 年，钟扬成了中组部选派的第六批援藏干部之一，进行为期三年的援藏工作。张晓艳只得安慰自己说，等钟扬结束三年任期，就回来了，情况会越来越好的。

可是张晓艳渐渐发现，事情没有她想的那么顺利。每一期援藏结束时，钟扬都有无可辩驳的理由继续下去：第一次是要盘点青藏高原的植物家底；第二次是要把西藏当地的人才培养起来；第三次是要把西藏大学生态学科带到一个新的高度……

在有限的相聚时间里，张晓艳常常跟钟扬讨论到他的健康和孩子的教育问题。可钟扬却说，家庭和事业总是难两全，自己刚到西藏大学的时候，那里连硕士点都没有，他就决心把西藏大学的学科建设做好。从那时开始，他的心里就有了一个很大的梦想，而这样的梦想都是要付出心血、付出牺牲的。

每一次和钟扬就这个问题讨论，张晓艳总是以无奈的叹气告终。她知道，钟扬这么做并不是逃避作为父亲的责任，而是为复旦、为西藏、为国家培养更多的人。那对他来说，是一份更大的责任。

虽然钟扬的两个孩子总说，爸爸在这个家里“一点存在感都没有”，但他们心里也知道，爸爸有自己的事业，他付出了很大的牺牲。

每逢春节，全家人会去武汉爷爷奶奶家过年，大年三十，全家人都在客厅看春晚，可钟扬却自己待在书房工作。

钟云杉回忆起这段过往时说：“我可以理解爸爸，他是为了更重要的事情，我们应该要包容他。”

张晓艳曾有一次问钟扬：“你这么长时间没有陪他们一起成长，不会觉得遗憾吗？”

钟扬一笑，略带调侃地说：“以后都有机会，别到时候嫌我们啰唆了！”

世事总归如此：来不及的最后一面、倒不回的画面、回不去的从前……

而今只余张晓艳颤抖的告白：“从我认识他的那一刻，就知道他为科学而生、为事业而生、为理想而生。他的人生，属于科学，属于国家，属于人类。我理解你的选择，默默数着你每年在空中飞行的 100 多个来回，祈祷着你平安，但是不幸的事情还是发生了……”

# 05

# “15岁以后交给我”

2017年9月9日，钟扬离开前半个月。

这一天，钟扬的两个孩子15岁了，弟弟钟云实远在山东，哥哥钟云杉成了主角。

钟扬当天依旧很忙，这天，西藏大学5名学位点负责人赶到上海，请钟扬为西藏大学中国语言文学博士学位授权点的博士评估材料修订作指导，钟扬二话没说就答应下来，从下午两点一直忙到了晚上九点。等材料完善得差不多了，钟扬匆匆告辞之际，来人才知道，这天正是孩子的15岁生日。

钟扬赶回家里，全家人正在一起吃牛排，给钟云杉过生日。

“爸爸，你又迟到了。”

“实在不好意思啊大毛，今天西藏大学那边来人了，爸爸在和人家讨论西藏大学学科建设的事情。人家专程大老远赶过来，爸爸也不好推辞人家嘛。”

“西藏大学学科建设有那么重要吗？”钟云杉还在跟爸爸赌气。

“当然很重要啦。比如说今年爸爸就在做西藏大学生态学学科入选国家

‘双一流’学科的申请工作，应该结果马上就会发布了。‘双一流’学科是对一个学校学科综合实力的评定，每个学校可能也没几个学科能够达到国家级的‘双一流’。这也是爸爸这么多年一直在努力做的事情。”

“你去西藏这么多年，就是为了这件事情？”钟云杉问。

“当然不只是这么一件事情，爸爸去西藏这么多年，要采集种子，也要培养西藏的人才，还要帮助西藏大学搞学科建设。刚去西藏那会儿，看到了西藏大学学科建设的情况，我就决定要做好西藏大学这一块儿的工作。现在一转眼都16年了，就像是从襁褓里的婴儿，最后成为一个非常伟岸的男子汉，这就是成长。在这么多年时间里，爸爸也是付出了非常大的心血，但我觉得非常值得，就像我和你妈妈从小教育你和小毛成长一样。你觉得呢？”

钟云杉沉默不语，慢慢想着爸爸说的话。一旁的张晓艳忍不住开腔了：“说起教育成长，钟扬，你记不记得我们之前的约定？”

“啊？什么约定？”钟扬还没反应过来。

“15岁的约定啊。”张晓艳提醒他，“孩子今年15岁了，下面就托付给你多多管教了。”

“OK，没问题。”

钟扬说得斩钉截铁，当即就开始对钟云杉“谆谆教诲”，告诉他这是一个什么样的年纪，接下来应该做一些什么样的事情。

当时钟云杉在妈妈的建议下，加入了英才计划的申请，这是一个针对全国青少年科研人才培养的预备计划，9月10日是报名日期，那天吃饭时，钟云杉也和爸爸提起，爸爸表示支持。

可没想到，这顿饭是钟云杉和爸爸吃的最后一顿饭。

钟云杉最后一次见到爸爸，是 9 月 23 日，英才计划的申请材料需要爸爸签字，那是一个周六，他补完课后，去办公室找爸爸签字，爸爸签完字后，钟云杉在学生签名一栏也写了自己的名字。

钟扬看了一眼，觉得儿子的字写得实在不好看："大毛，你的字可不能这么写。"就示范教孩子怎么签名。随后，钟扬便启程出发，前往内蒙古自治区鄂尔多斯市城川民族干部学院作讲座。

他和钟云杉的微信记录定格在 9 月 23 日上午 11 点 33 分。钟云杉和爸爸讨论参与英才计划的事情，钟扬在微信里回复他：

"科创的事我回来跟你谈，周末愉快！"

这一次回来交谈的约定、15 岁以后由他照顾孩子的约定……钟云杉都再也等不到了。

## 06

## “这是爸爸用命换来的钱，我们还是应该用在爸爸的事业上”

在去银川的路上，张晓艳默默抚摸着钟云杉。沉默的她内心又在经历痛苦挣扎：怎么告诉孩子父亲再也不会回来的事实？

钟云杉反复地问：“到底怎么回事？为什么我们要去银川？”

没等到张晓艳回答他，云杉很快从铺天盖地的媒体报道上得知事实……

“老爸，你知道你现在在哪儿吗……”

这是钟云杉发给爸爸钟扬的一条微信，时间是 9 月 27 日凌晨 1 点。这句话后面，哭泣的表情铺满了整个屏幕。

这是爸爸钟扬离开的第三天。这个时候，钟云杉正守在他的灵前。发完这条微信，钟云杉跑到水龙头边洗了把脸，他分不清镜子里自己脸上掉下来的是水珠还是眼泪。

他随后又在 QQ 空间悄悄写下：也许在另一个平行宇宙，父亲随手把包放到副驾驶后面的座位上，然后坐到了司机后面，接下来就是……

小儿子钟云实是由昌乐二中的校领导一路带到银川的，飞机从青岛转飞北京，再飞银川。至亲之人的惊天变故，对于一个玩转互联网的孩子来说，是根本瞒不住的。9月26日这天，张晓艳就收到了朋友发来的一张朋友圈截图，是钟云实在朋友圈里写下的一段话：

21号的电话没想到是最后一次听到你的声音，（8月）31号在山东最后一次见面，9号你给我过了最后一个生日。爸爸一路走好，对不起，孩儿不孝……

钟云实把这条朋友圈对张晓艳屏蔽了。他还没想好怎么跟妈妈谈论这次痛彻心扉的离别。但他更愿意相信，爸爸只是出了差，去了一个他找不到的地方。

张晓艳看到这条朋友圈，心里一阵绞痛，她只好打电话拜托昌乐二中的校领导，让他们在路上多陪一下小毛。后来得知复旦大学青岛研究院副院长刘振鹏也是乘同一班飞机从北京飞银川，又拜托他多多照顾。

在飞机上，刘振鹏有意不跟钟云实聊起钟扬，可此时此刻，话题不涉及钟扬何其之难？

当头等舱的乘务员拿着一盘简餐、一盘水果、一点点心走过来端给钟云实的时候，钟云实愣了一下，转头跟刘振鹏说："刘叔叔，原来头等舱这么好啊？我的爸爸从来没坐过头等舱，我也没坐过头等舱。"

刘振鹏顿时眼里一阵酸涩，他强忍下泪水，笑着跟钟云实说："小毛，你吃一点东西。"

可钟云实摇了摇头："我还是不吃了。"他停了停又说："我爸爸不让我过这种奢侈的生活。"

直到下了飞机，见到满眼的花圈与挽联，钟云实才开始不得不面对一个事实：父亲真的已经不在了。

钟扬离云后，钟云实则执意想去爸爸在西藏的宿舍看看。他说，他想一个人在那里待着，那样离爸爸近点儿。

钟扬的宿舍还保持着他离开前的样子。

进门处的置物架上放着三把修剪植物枝叶的钳子，还有胶带、小剪刀和几卷塑料袋，紧挨着置物架的是一个衣架，上面挂着钟扬外出采种子的“套装”——褪色的宽檐帽、牛仔上衣，还有他最经典的黑色书包。

在房子的二楼，钟扬的卧室里有几条颜色泛白、磨出破洞，自己缝补过的牛仔裤，是钟扬最常穿的。一旁放着的鞋子则沾满了泥垢，连鞋底都开裂了。

就是靠着这些行头，钟扬在西藏从事异常艰苦的植物采样工作。

钟云实默默地在爸爸的宿舍里，一个人待了很久……

钟扬离开后，家人收到了一笔车祸赔偿金。张晓艳跟家里人商量后，决定把这部分钱捐出来，成立“复旦大学钟扬教授基金”，用于奖励沪藏两地优秀师生：“国家的教育事业是钟扬一生的牵挂。这是我们家人能为钟扬未竟的事业做的一点事，也是他所希望看到的。”

“小毛，妈妈有个事情想问你。”张晓艳终于还是准备把最残酷的问题问出口。

“什么事情？”

“嗯……你爸爸的离去是个意外，因为这个意外，我们拿到了一笔赔偿金，一共有 138 万元……你看这么多钱我们怎么花比较好？”

钟云实一听怔住了，他从来没听妈妈提起过这么多钱。他低下了头，母子二人沉默而立、静默不言。

许久，钟云实抬起头来，一字一句地说：“妈妈，我想好了，我觉得这是爸爸用命换来的钱，我们还是应该用在爸爸的事业上。”

张晓艳突然哭出了声。面对着钟云实悲伤却坚强的脸庞，许久的隐忍、委屈、痛苦与无助，无数种情绪此时集聚在心头，堵得她鼻酸眼疼，使她将这些情绪全部释放。这么多天，张晓艳每次哭，都是悄悄的，不敢出声音的。她生怕自己的声音打破半夜噩梦惊醒后的寂静，她怕自己的声音太大，那个相守了33年的男人就真的再也回不来了。

“小毛，你真懂事……你知道的，爸爸这么多年，一直坚持去西藏……就是为了给西部少数民族地区做贡献……我们把这些钱捐出来，虽然不多，但也是尽我们所能，为你爸爸未竟的事业做一点事，也是……完成他的一个遗愿吧……”

此刻，张晓艳紧紧抱住钟云实，像抱住了所有无可追回的时光与回忆。

两个月之后，11月23日，感恩节之夜。

宿舍已经熄灯了，钟云实还在辗转反侧。昨天夜里他又梦见了爸爸，他给自己过完了生日，好像刚刚才离开。

他揉揉眼睛，在朋友圈写下一段话：

爸爸，感恩节快乐！您是儿子心中安全而温暖的靠山，累了的时候在上面躺一躺，就会让我精神百倍；爸爸，您是儿子心中那辽阔的海洋的彼岸，在岸的那头等待着儿子的归来；爸爸，您是儿子心中的太阳，那耀眼的光芒驱走了儿子心中的阴影。愿您在我看不到的地方能好好休息，别把自己累坏了。感恩您所给我的一切。

发完之后，他一直睁着眼睛想，是不是爸爸看到这条朋友圈，还会给他点个赞，竖个大拇指？

可他默默等待许久，还是没能等到他想要的回答……

青年时代的钟扬在做植物研究

第九章

CHAPTER 9

# “我是一颗蒲公英的种子”

生命的高度绝不只是一种形式。
当一个物种要拓展其疆域而必须迎接恶劣环境挑战的时候，
总是需要一些先锋者牺牲个体的优势，
以换取整个群体乃至物种新的生存空间和发展机遇。

01

# 钟扬的“爱”

钟扬没有跟西藏大学提过什么要求。

扎西次仁说：“钟老师没有跟西藏大学提过要求，他没有车子，基本上外出用车就是借我和拉琼的，然后就是打车，还有坐班车。”在青藏高原采集种子，越野车是出行必备，可 2008 年扎西次仁想买车的时候，手头只有 13 万元。钟扬听闻后，自掏腰包 8 万元支持扎西次仁买了一辆越野车，极大方便了工作。

钟扬极少跟人抱怨自己的事情。

鲍其洞说：“从来没听到过钟老师的任何抱怨和批评，从来没在他身上感受到一丝一毫的负能量。在这个浮躁焦虑的时代，他的乐观与豁达也许是比他的学识更难得的。而在工作中，每当遇到难题时，最常听到他说的一句话是‘没关系，我们一起来想想办法嘛’，这简单的话语总会给我们莫大的信心，因为我们知道钟老师是我们坚强的后盾。”

钟扬很“抠”。

在钟扬的研究生院院长办公室里，座椅扶手磨秃了皮，桌上的纸质材料边边角角的空白被剪下来记录待办事项，桌子的一角堆放着来自大小宾馆的一次性牙刷、水面高低不一的矿泉水瓶，还有用了一次以后拿塑料袋装着的小肥皂。

钟扬的钱都去哪儿了？

2015 年，尼泊尔地震波及中国西藏，有位学生家住震区，钟扬一次就捐了 10000 元；为了帮助学生开阔视野，钟扬个人出资发起“西藏大学学生走出雪域看内地”活动，先后组织 80 多名西藏大学学生到上海学习；针对西藏大学教师申报国家项目没经验、不敢报、没人报的问题，他不仅帮老师们义务修改申请书，还提供申报补助 2000 元，用于支付申报过程中产生的费用。有人估算，十多年来，钟扬自掏腰包给西藏大学师生的扶持，加起来至少有几十万元。

而在他去世后，同事帮他的家人一起整理遗物，发现他的衣物少得可怜，没有羊毛衫，没有羽绒衫，牛仔裤仍是那件磨得不成样子的 29 元地摊货！在他办公室里，两个抽屉里全是没有报销的机票和打车票——钟扬的家庭生活并不宽裕，但他考虑的从来没有自己。

那钟扬爱好什么呢？

钟扬爱打桥牌和麻将。

在武汉植物研究所时，钟扬是所里的主力队员。在工作后偶有闲暇的工夫，钟扬约三个同事奋战到深夜，直到其他三人困到眼皮子打架，钟扬还嚷嚷着“再来一局”。

钟扬填得一手好词。

有一年，武汉植物研究所组织歌唱表演，当年的所有原创歌曲，都由钟扬进行填词，而他填的词都与植物和植物研究有关，创作灵感来源于他对植物学深深的热爱。

钟扬烧得一手好菜。

钟扬不仅喜欢尝试各类新奇美食，还喜欢自己下厨。钟扬在日本统计数理研究所做“客员教授”的时候，在聚餐时露的一手“钟氏宫保鸡丁”艳惊四座。在西藏大学住宿舍的时候，钟扬有时会专程去超市买菜，然后做上一桌菜请老师学生们品尝。

钟扬写得一手好字。

钟扬写字有“幼功”，不过写得很用力。张晓艳曾开玩笑说，他写字不是“用”笔，而是“吃”笔。一支新钢笔没过多久就要更换笔尖。

钟扬更爱西藏。

钟扬对西藏的爱，不只限于植物种子，而且深深浸润在西藏文化的每一处意涵当中。

2013 年，在钟扬的邀请下，中科院上海生命科学研究院生物化学与细胞生物学研究所蛋白质组研究分析中心执行主任曾嵘踏上青藏高原的土地。

“你请我来，得给我推荐几个好地方啊。”

“没问题，你听我说，就去色拉寺。”钟扬所说的色拉寺，全称“色拉大乘寺”，藏传佛教格鲁派六大主寺之一，里面保存着上万座金刚佛像。

“去色拉寺？”

“对，色拉寺。你可以去色拉寺看看辩经。”

“色拉寺的辩经？”曾嵘越听越不明白。

“是啊，辩经讨论的都是终极问题，比如生命的意义是什么。你想想，要是在上海街头，你拉住一个人，问生命的意义是什么，人家一定当你是神经病。而在西藏，这是人们每天都在思考的问题。”

可有一样东西，钟扬从来不爱。

在设于复旦大学的钟扬追思堂里，有一只旧纸箱，打开纸箱，里面满满的都是奖状、聘书和其他教学研究机构的协作协议……

钟扬在为学生做饭

钟扬做饭请学生们品尝

“以前没听钟老师说过他获奖的事情。他做过的事情不大讲的。他不求名不求利，他唯一想追求的‘名’就是想让人们知道他是一位来自上海的教师、一位援藏干部。”钟扬的学生顾卓雅回忆说。

钟扬不为名、不为利，十六年如一日扎根雪域高原，甚至不惜付出生命的代价，值得吗？

钟扬的好友、复旦大学副校长金力懂他。他说，钟扬为科研和援藏事业的付出是值得的，这是他出于生命本能驱动的一种价值取向，因为人生在世，有太多对自然、对人类本身的问题我们没法回答。当他有这个能力去回答这些问题的时候，钟扬代表的不是自己，而是代表人类在回答这些“终极难题”。

## 02 边珍的秘密

9 月 25 日一早，边珍送英国牛津大学教授詹姆斯去浦东机场。他结束了短暂的复旦之行，准备从香港转机，返回伦敦。

出发时，边珍给钟扬发去了微信：“钟老师，我们已经在去浦东机场的路上。”

可等了许久，边珍等到的，不是钟扬的回复，而是朋友圈传来的消息：钟老师出事了。

9 月 26 日一早，接到学校安排，边珍到钟扬的办公室里整理遗物，她发现，钟扬的电脑还开着，上面显示的是 9 月 28 日从上海至拉萨航班信息的查询页面。一切的迹象都显示着：钟扬只是去出了个差，他什么时候应该就会回来。

边珍让电脑保持着打开的状态，默默地整理着钟扬的办公室……

在学生们心里，钟扬是一个有魔力的人。他带给学生们的，除了人格魅力和科研上的思维方式，更多是一种可能性，一种更广阔的视角，这就是人们平常所说的“脑洞大开”。

钟扬凡事喜欢问个为什么，熊猫吃竹子是大家司空见惯的事情，但是他却把这个现象作为一个科学问题在团队的组会上跟学生们提了出来。

徐翌钦记得，钟扬在会上说，从进化生物学来看，大熊猫的亲戚们，其他的熊科动物都是肉食性的，而为什么唯独大熊猫主要以竹子为食？当时，同学们都被钟扬问得哑口无言，没想到这种常识性的现象背后也有这么大的科学问题。

一年之后，大熊猫全基因组数据公布，钟扬就第一时间召集实验室的学生们进行相关研究，经过三个月的研究，终于发现大熊猫多巴胺神经递质调控代谢途径的基因对大熊猫对食物的选择有重要作用，在机制上回答了大熊猫吃竹子这种常识性的问题。

徐翌钦说："这种科学问题的讨论在实验室日常的组会中很常见，钟老师总是随身带着很多小卡片，将我们与他在课题讨论中的闪光点和问题记录下来，在出差的飞机上与火车上总是会反复琢磨，一旦灵感来了，就会第一时间兴奋得像个孩子一样把他的所思所想告诉学生们。"

在学生们的印象中，理科专业的教授往往期待学生术业专攻，而钟扬的思维方式就异于他人，他不会觉得科学研究是件必然的事，为了这件事就必须舍弃其他东西。

边珍想法多，钟扬很喜欢她这点。在墨脱的时候，边珍试探性地向导师透露了自己的创业计划，一个关于食品行业"互联网+"的企划。"听完老师特别开心，说'需要什么帮助尽管和我提'。我说了个框架，他就给我提了很多细化的建议帮助，比如通过参赛来认识些创业的人，拓宽自己的思路。老师的态度和我预想的很不一样，反倒一直鼓励，而且后来不时问起我进度。"

说起创业这件事，边珍自己会担忧很多，比如没有管理学、经济学的学科背景，没有相关的经验，不时怀疑自己是否合适，是不是就应该墨守成规，做好本职工作。老师告诉她：“要去尝试，只有尝试了才知道自己适不适合。”

“那做不了怎么办？”“有我啊。”这样的对话常发生在师生之间。

在钟扬离去的很长时间里，边珍都接受不了钟老师已经不在了的事实。

钟老师办公室的灯总会亮到深夜。以往每次从钟老师办公室离开的时候，看到他的窗户亮着，边珍心里就觉得很温暖。

钟扬深夜工作

可这个时候，她站在楼下，却再也看不到那盏明灯。

“实在想钟老师想得睡不着的时候，我就给他发一条微信。”边珍说。

她不想给别人看那些微信，因为那是她对她最亲爱的老师最炙热而无可追回的怀念。她不知道这些微信会发往何方，她既害怕发出之后杳无音讯，又期待着这些微信已经被钟老师读到，也许他只是太忙，而又忘了回。

“我们总觉得，钟老师还在那儿。”

而今，边珍的手机呼吸灯再次亮起，解锁之后，却再也看不到钟老师的任何消息。

03

## 改变命运的一颗种子

2017 年 9 月 25 日中午，拉萨。

西藏大学理学院教授拉琼像往常一样，来到钟扬在西藏大学的宿舍，帮他收拾房间。

钟扬 29 日就要回拉萨，是为西藏大学生态学科建设的事。四天前，西藏大学生态学科入选国家“双一流”建设名单，大家都特别兴奋，钟扬说要来学校商量学科下一步的发展计划。

此时，手机电台 APP 里正巧播放着钟扬录制的科普讲座“长颈鹿为什么会游泳”。拉琼正听得入神，手机铃声突然响了：

“拉琼，钟老师没了。”

晴天霹雳！

“谁说的？钟老师答应我们了啊！他 29 号还要回来开会呢！”

随后，电话不停地响起，拉琼看着房间里钟扬那顶褪色的卷檐帽，还有那件他最喜欢的藏袍，泪水夺眶而出……

2006 年，拉琼在挪威完成学业回到西藏大学，认识了已经在西藏大学

钟扬和学生交流

开展研究工作的钟扬。拉琼对当时和钟扬的交谈印象深刻："他当时提醒我，英语千万别丢，那是参与国际学术交流、掌握更多科研资料的关键，他还问我，要不要考他在复旦的博士生。当时我以为他是开玩笑，没想到他是认真的。"

于是拉琼成了钟扬的学生，并在复旦大学学成后，又回到西藏大学从事植物学的教学和研究工作。

早在 2002 年，钟扬就帮助西藏大学的琼次仁申报国家自然科学基金，拉琼至今仍然记得当时的画面：钟扬常常一边插着氧气管，一边连夜修改琼次仁的申请报告。最终，这个项目成为西藏大学拿到的第一个国家自然科学基金项目，极大地增强了西藏大学老师们的科研信心，也极大地增强了西藏大学老师与钟扬之间的友谊。

当时，钟扬总说，西藏大学植物学的博士点不批下来，他就不走。可是当时，学校连一个理科硕士点都没有，植物学专业也没有教授，甚至没有一位老师有博士学位，拉琼和很多人一样，以为钟扬说的是一句大话。没想到，最终在 2011 年，西藏大学生物学一级学科硕士学位授予点获得批准；2013 年，西藏大学生态学一级学科博士学位授予点获得批准，填补了西藏高等教育史的空白。如今，在教育部公布的“双一流”建设名单上，西藏大学的生态学位列其中，而曾与拉琼和其他同事并肩奋斗的人，却已不在……

钟扬曾说：“我想带出一批博士生团队，让西藏形成人才培养的造血机制。100 年后我肯定不在这个世界上了，但我的学生们在，他们早晚有一天会发现那颗改变我们国家命运的种子。”

现在，这颗改变命运的种子，他们找到了吗？

拉琼说：“过去，我们大家都觉得国家项目对我们来说就是‘神话’，和我们不可能有任何关系。但是钟老师来了这些年，带领我们一步步走近‘神话’，还把‘神话’变成了现实。现在我们都觉得，我们不但能做国家项目，而且能做得很好。”

徐翌钦说：“钟老师留给我们的，是他的带动作用，他培养了一批学生，坚持探索生物的多样性和适应性。我们也想着在青藏高原植物适应性上做到前沿性的突破。”

复旦大学研究生院综合办副主任包晓明说：“钟院长总是加班到凌晨一两点，看着他的办公室的窗户亮着，我心里就会感到温暖。现在走到那里，我就会鞠鞠躬，心里就有了力量。”

复旦大学研究生院副院长杨长江说：“我宁愿相信钟院长是回到了属于

他的雪域高原，回到了那个有雪莲和苍山的壮阔天地。钟扬生命的底色是暖色调，现在我们照常工作，尽量避免回味那份悲伤。在他生前，他充满了江湖豪情，快意恩仇，大气豪爽。当他离开后，如果他看到我们因为他而悲伤，他会不开心的。”

钟扬走后，西藏大学生态学科“双一流”建设今后的进展成为摆在面前亟待解决的问题。

扎西次仁如今虽已不是西藏大学的教授，但仍然积极为“双一流”建设的事情在上海和西藏两地奔走，一个一个去拜访复旦大学的教授，谈“双一流”建设的合作项目和研究生联合培养的事情。“这么做完全是为了钟老师这个摊子，我们要继续延续，不轻易放弃这个成果。”

他们所有人都相信，钟扬，就是那颗改变他们命运的种子。

## 04 “抱歉，以这样的方式认识您！”

钟扬的故事渐渐传开，教育界、科学界的同人认识了他，无数网友也认识了他。

“泪目！以钟扬教授在研究领域取得的成就，已经可以坐在办公室里，指导手下的人干活了，但他却甘愿在雪山荒原采集种子，做没有任何眼前效益的基础科研，愿意在夜里一遍遍修改学生的论文。”网友“木鱼”说，“钟扬老师活成了一个大学教授应有的样子。”

武汉大学本科生黄莉说：“一粒种子造福万千苍生，而钟扬教授自己就是一粒‘种子’，把对党忠诚、坚守初心的政治品格，扎根祖国、至诚奉献的爱国情怀，勇攀高峰、只争朝夕的科研精神，根植进更多年轻人心中。”

“抱歉，以这样的方式认识您！”在多家网络媒体转载的钟扬报道中，这是被网友点赞最多的评论。

宁做教师不做官的钟扬，眼里没有个人名利，却把事业看得很重。襟怀坦荡、心底无私，让他摆脱了名缰利锁，自由驰骋在科研创新的广阔天地。

复旦大学生命科学学院教授陈家宽说：“他时常教育自己的学生，最好的植物学研究，一定不是坐在邯郸路的办公室里做出来的。他的性格和他的理想追求更多的是教育。因为教育才是传播的最好途径，教育才能一代代相传，它的意义是不同的。”

一位援藏干部表示，去过西藏的人都知道高原反应的厉害，钟扬也出现过多种高原反应，但他却坚持了十几年，他不是去办几次讲座，做几个项目，而是把最新最好的科研和学识毫无保留地输送到边远地区。“他是真正的爱国者，正是这种至诚热爱，让他矢志不渝，拼尽力气。”

钟扬曾说：“任何生命都有其结束的一天，但我毫不畏惧，因为我的学生会将科学探索之路延续。”

众多网友和科技工作者在看过钟扬先进事迹的报道后说，钟扬以超乎常人的精神和毅力，为国家和人民奋斗到了生命最后一刻，他把论文写在了祖国山川大地上，把心血和汗水倾注在国家和人民最需要的地方，留下了弥足珍贵的“种子精神”。他身上的“种子精神”引起网友强烈共鸣。

“你是一粒种子，突然消失，回归大地；你是一粒种子，总有人能够延续你的生命，你的精神终将生根发芽。”网友“原野”留言说。

钟扬的学生们回忆说，钟扬对科研的爱是深入骨髓的爱，他对边疆事业的情是敢于牺牲的奉献精神。正是这种深入骨髓的大爱、敢于牺牲的奉献精神，让钟扬16年间在雪域高原艰苦跋涉，收集上千种植物的4000万颗种子，填补了世界种质资源库没有西藏种子的空白。

复旦大学生命科学学院2001级博士生朱彬说，钟扬常说：“只要国家需要、人类需要，再艰苦的科研也要去做。”2001年，钟扬踏上地球的“第三极”，这是生命耐力与毅力都需要接受的挑战。在高原严酷的野外，哪怕采集一个小小的植物样本，师生们都会把体力耗费到极致。而十多年里，他的足迹遍布西藏最偏远、最艰苦、最荒芜的地区。钟扬总是说，高原反应有很多种，难道我们就怕了不成？

上海交通大学教授、海归学者黄雷说，钟扬“留学回国时没有携带国内稀缺的家电，而是为单位买回计算机、复印机等设备”这一细节令自己深受感动。“‘种子精神’首先是牢记使命、报效祖国的爱国情怀，正是怀着国家至上的使命担当，钟扬才做了许多别人难以做到的事情，创造了无愧于祖国、无愧于时代的业绩。”

人民网刊文指出，“种子精神”也是淡泊名利、甘于奉献的崇高境界。16 年艰苦援藏，钟扬无数次不顾生命安危，挑战从东海之滨到世界屋脊的巨大“海拔差”，只因他襟怀坦荡、心底无私，却把事业看得很重。钟扬的一生也为广大共产党员做出表率：共产党员就要敢于成为先锋者，也要甘于成为奉献者！

复旦大学马克思主义学院高级讲师陈果表示，30 年来，无论是课堂上、实验室里，还是雪山下、荆棘中，都是钟扬教书育人的岗位，他相信“每个学生都是一颗宝贵种子，全心浇灌就会开出希望之花”。“这份甘当人梯、

钟扬在课堂

造福人民的赤子之心，对高校青年教师做好立德树人本职工作有巨大启示意义。教育是播种未来的工作，我们必须给予学生思想的引领、品格的锻造，像钟扬一样，做点亮学生人生的好教师。”

世上不再有钟扬了，但是，他的敬业精神将永世长存。

如今，越来越多的人读懂了钟扬的“种子精神”——

科技界、教育界人士表示，从“两弹元勋”，到以黄大年、南仁东、钟扬为代表的当代科研工作者，一代代中国知识分子在各自领域为国家强盛、民族振兴拼搏奉献，建立了彪炳史册的功勋。他们的人生轨迹如此相似，情怀追求高度一致，值得我们认真思考和抒写。

正因为有众多埋头苦干的“种子”，中国脊梁才得以挺立，中国创新精彩纷呈、充满活力的生动局面才得以形成。广大知识分子、青年学生纷纷表示，要将钟扬身上的“种子精神”薪火相传，推动各项事业接力前行。

中国科技大学留美学者黄华表示，中国正在实现科技强国的征程上，需要更多像钟扬这样具有战略眼光和开拓精神，又心怀家国理想、立志扎根中国大地的科研工作者。自己也将把爱国之心化作报国之行，把个人事业融入人民创造历史的伟大奋斗之中。

新华网评论文章指出，钟扬是这个时代中华民族千万科研工作者的缩影，他们有同样的家国情怀、历史责任和时代担当。正是苍穹里闪耀的科学家精神，照亮了我们脚下的奋斗之路，凝聚了坚定信仰，成就了伟大事业。

中国科学院传播局局长周德进说，黄大年、南仁东、钟扬等都是在中国进入新时代的进程中迎来事业巅峰的科学家。当个人的进步与国家的荣光融为一体时，他们的生命迸发出了最璀璨的光芒。“一代人有一代人的使命。”我们国家从富起来到强起来，我们从赶上时代到引领时代，需要有新时代的科学家精神，需要感召更多的人学习他们、仰望他们、追随他们，凝聚起创新中国的磅礴力量。

网友纷纷留言说，在这个所谓大师尽逝、信仰缺失的时代，钟扬故事的精神回响正是对精致的利己主义、缥缈的虚无主义最有说服力的一课。他们纷纷表示，要从自己做起、从本职岗位做起，为实现中华民族伟大复兴的中国梦贡献智慧和力量。

不少基层教师、援藏干部也对钟扬扎根一线教育、扎根边疆建设的精神深表敬佩。上海市同济初级中学党总支书记张佩云说，钟扬不仅在收集植物种子，也在不停播撒科学和教育的精神。作为一名平凡教师，要学习他对待科学的坚守与执着，对待学生的热爱与关怀，用实际行动，把知识和爱播撒到每一个孩子心中。

援藏干部、上海市育鹰学校副校长陈前表示，伟大的时代需要伟大的精神，不论在祖国哪一个角落哪一种岗位，我们都要像钟扬同志那样去热爱、去扎根、去探索、去奉献，让个人梦想和中华民族伟大复兴的中国梦紧紧融在一起。

# 05

## “钟老师，一路走好！”

2017 年 10 月 22 日，西藏林芝，雅鲁藏布江边的陡崖。

沿着曾经采集种子的崎岖山路往前走，往事一幕幕浮上扎西次仁心头。

扎西次仁是钟扬在西藏培养的首位植物学博士。

2002 年 6 月，刚刚从挪威卑尔根大学硕士毕业回到西藏大学的扎西次仁，通过一个偶然的机会见到了钟扬。

当时，钟扬正在指导西藏大学的老师申请西藏大学第一个国家自然科学基金项目，扎西次仁刚刚从挪威学成回来，也想加入进来，当时的西藏大学理学院副教授琼次仁就拉着他一起去复旦大学和钟扬见面，商讨项目的具体实施计划。

那是扎西次仁和钟扬的第一次见面。和善豪爽、谈吐风趣，是钟扬给扎西次仁留下的第一印象。钟扬向扎西次仁他们介绍了当时处在研究前沿的复旦大学分子生物学在生态学中的应用研究，并且用浅显易懂的话语向他们介绍了研究案例。

扎西次仁自此对分子生物学领域的研究产生兴趣。

那天傍晚，几个人在复旦大学附近的一个小饭馆结束餐叙，返回宾馆。扎西次仁心里已经下定了决心：一定要跟着钟老师一起研究！

“我当时就大胆而怯生生地向钟老师提出，我能否申请到他那里学习，他竟然当场就满口答应了。”

直到现在，这个场景仍然时时在扎西次仁脑海中浮现。

2017 年 8 月初，扎西次仁和钟扬在西藏最后一次见面。

两人谈论的话题是关于西藏种质资源库的事情。西藏种质资源库即将在 9 月 30 日启用，身为种质资源库主任的扎西次仁邀请钟扬届时上拉萨来，为种质资源库的讲师进行培训。

钟扬欣然答允。

9 月 30 日，西藏种质资源库如期启用，可钟扬却没有来。

此时此刻，依旧是湍急的雅鲁藏布江江水，依旧是江边无数种烂熟于胸的植物，可曾经耳边熟悉的话却再也听不到了……

扎西次仁手里捧着钟扬的一个骨灰盒。

无数个野外采集种子的日日夜夜里，扎西次仁和钟扬的话匣子怎么也停不下来，从西藏文化到中国历史，从宇宙演进到科技前沿，有一次他们竟聊到了死亡。

“老师，你如果以后死在西藏的话，怎么办？”

扎西次仁的话无所顾忌，钟扬的回答也十分坦然：“我可以天葬吗？”

“当然可以，听说有些外国人死在西藏也天葬了呢！”

钟扬听闻，毫不犹豫地回答：“那你就把我天葬吧！”

“如果我在后的话，一定办到！”扎西次仁虽然有些意外，却把钟扬的这个愿望，深深记在了心里。

钟扬去世后，扎西次仁想起了钟扬的愿望，他大胆地向张晓艳、钟美鸣和其他亲人说明了情况，并提出要把一部分钟扬的骨灰运送到拉萨去。

张晓艳点点头，同意了。

扎西次仁把这部分带到拉萨的骨灰分成了两部分，他把其中的一部分制成了佛塔嚓嚓，选了一个藏历吉日，把它安置在拉萨市郊的一个幽静的寺庙周边的山上。

另一部分，他选择带到雅鲁藏布江边，流水不腐，是钟扬精神不尽的延续。这是钟扬许多次冒着生命危险踏足的“无人区”，也是钟扬最魂牵梦绕的地方。

“钟老师，他是用生命爱着这片青藏高原啊！”

历历在目的往事变成滚滚的眼泪，一遍一遍在扎西次仁的眼眶里打转。扎西次仁默默打开骨灰盒，用颤抖的手轻轻抓起一把钟扬的骨灰，手往前伸时，慢慢张开。

钟扬的骨灰，一点一点，浸入了雅鲁藏布江主河道……

扎西次仁冲着滚滚流淌的雅鲁藏布江大喊：

“钟老师，一路走好！”

“钟老师，一路走好!!”

他的声音在河谷间回荡着，他紧紧抱着空空的骨灰盒，跪倒在陡崖边，放声大哭！

此刻，他的钟老师终于与雪域高原的青山绿水，同在了。

许久之后，扎西次仁站起身来，把骨灰盒小心翼翼地放进书包里，然后给张晓艳发了一条微信，告诉她，钟老师的最后一个心愿，终于帮他完成了。

“钟扬，这次你和这片青藏高原，再也不会分开了……”

收到扎西次仁的信息，张晓艳的眼睛一片濡湿。恍惚之中，钟扬跟她的一段对话又浮现在眼前。彼时，钟扬刚从西藏出差回来，简单洗漱之后，躺在床上。夜静如水，两人终于能好好聊一会儿天。

“这次进藏，反应强烈吗？”

“这次去穿越了羌塘无人区，采了好多植物的种子，一开始的时候还挺难受的，但采的种子越来越多，学生又给我找了根树枝当拐棍拄着，越采越来劲了！”

“你还是注意点，你的学生们都是20多岁的年轻人，你体力不比他们，不该逞强的时候千万别逞强。”

“我晓得的，这不算什么。”

他在黑暗中依稀瞥见张晓艳紧蹙的眉头，索性换了一个话题：“这次进藏，我还做了一件事。”

“什么事？”

“我去看了一场天葬仪式。”

“……”

张晓艳一时语塞。她知道，钟扬对西藏的爱已经深到骨子里去了，可她又担心这种太炽烈的爱会让他把自己的生命之火加速燃烧……

“你知道的，我爱西藏，也爱那儿的文化。自从亲历过天葬仪式之后，内心那种震撼真的久久不能平静。我去之前其实也听人说了，一旦看了天葬以后，死了之后就要实施天葬。但我不避讳这个，我觉得藏族同胞说得很对：天葬是灵魂不灭和轮回往复，死亡只是不灭的灵魂与陈旧的躯体的分离。”

藏北草原上，万里羌塘壮美如画，原野青草摇曳如歌，那个在天地草木间艰辛跋涉的人却从此了无踪迹。

这里的人相信，只有内心高洁、灵魂纯粹的人，离世之后才能回归广袤大地。

钟扬在野外采集标本

# 尾声

## 花开无声

阿里无人区，海拔5000米以上，是任何有氧生物难以生存的绝境。

雅鲁藏布江悬崖边，云遮雾罩、岩石壁立，是探险者都望而却步的险境。

在这些地方，都能找到默默无闻的格桑花。

在藏语里，“格桑”意为幸福、美好时光。

钟扬曾经说过，做任何一行，只有你全身心地投入，才能够真正取得成绩。做科学也是一样的，必须把自己的心交给科学，这样在科学这片沃土上，才有可能开花和结果。

在科学的原野上，有一朵花恰好也在这片高原上开放，而16年之久，很多人都未曾听闻其名字。

提起钟扬，曾与他合作863项目的中国生物技术发展中心副主任孙燕荣不无哽咽：“现在，以钟扬老师为名的格桑花，终于让人们闻到了它的花香。”

孙燕荣说，钟老师总是把美好的时光带给他周围的人，从未见过他抱怨或不快，这不正像格桑花吗?

“美丽而不华贵，纤细却又坚韧挺拔。高原有了这种花，西藏才美得不可方物；基础科学界有这样一朵花，盛开在雪域高山不为人知的地方，我们走近他、懂得他，前行时才更有了力量！”

提起钟扬，拉琼知道他最喜欢的花是藏波罗花，因为越是在环境恶劣的地方，它生命力越强。在钟扬培养的首位藏族植物学博士生扎西次仁完成论文时，钟扬用藏语朗诵了一首著名的藏语诗：

世界上有多少玲珑的花儿，
出没于雕梁画栋；
唯有那孤傲的藏波罗花，
在高山砾石间绽放……

钟扬说：“环境越恶劣的地方，生命力会越顽强。就像这生在青藏高原的藏波罗花，深深扎根，顽强绽放。”

提起钟扬，上海科技馆研究员周保春说：“钟老师就是一粒种子。一粒种子落在土壤中，死了，便结出许多籽粒来——钟老师就是这样的一粒‘种子’，由他而生的籽粒已经在各处开花结果了。我们都是这粒‘种子’的受益者，却再也没有机会报答他本人了。唯一能做的，是接过他的接力棒继续前行，奉献于科学探索和科学传播事业。”

种子的乐观在于心怀梦想。从它扎进泥土的那一刻起，就为实现这样一种梦想而不断努力。闪耀在钟扬身上的，是“种子精神”的甘于奉献，是“功成不必在我”的自觉追求与价值坚守。

钟扬在哪儿?

钟 扬

人们说，他在西藏的碧空下，在高原的青草间，在每一条寻找种子的路上，在讲台上接受藏族毕业生敬献哈达的时刻。

当他的人生定格在53岁这一年，千万人通过这些永远带着笑容的照片，追忆他在大地上的足迹，感怀他播撒的光与热。

导演刘深在钟扬离去后写下的话，或许能给我们答案：

“在他眼里，万物有灵。

“他站在世界屋脊上，站在云霄里。他与太阳和雪山的距离，就是与这个世界上每个生命的距离。”

正因为有众多的“种子”和“播种人”，中国脊梁才得以挺立，中国精神才得以弘扬，中国奇迹才得以创造。

# 后记

## 群星闪耀时

当我们渐渐走近钟扬、了解钟扬，发现他与另一位英年早逝的科学家黄大年有着难解之缘。

2017 年 9 月 24 日 23 时 38 分，复旦大学研究生院，钟扬就党支部会议议题征求院其他领导意见，在微信群里“圈”了所有人：“我们何不在 26 号下午花一个小时开个会，讲讲黄大年呢？”

此时，距离吉林大学教授、地球物理学家黄大年去世，已有 8 个多月。而就在微信留言几个小时之后，钟扬在内蒙古自治区鄂尔多斯市出差途中不幸遭遇车祸，53 岁的生命戛然而止。

冥冥之中，仿佛有一种力量，牵引着这两位奋斗者的生命。他们有同样的梦想，并为之“惜时不惜命”；他们有同样的使命，并为之“如痴如狂”。而在他们的身体发出最后的预警时，他们更为了祖国的事业燃尽最后一息的生命，用全部的热血与赤诚谱写出一篇新时代奋斗者的优秀答卷——

黄大年——在毅然归国后的7年时间里，推动中国地球深部探测技术完成跨代飞跃。

钟扬——在生命的最后16年，扎根青藏高原，带领团队收集4000万颗种子，盘点了世界屋脊的植物“家底”。

他们的追求里有无数的别人，却唯独没有他们自己。黄大年、钟扬去世后，人们对他们的思念未曾消减，他们的感人事迹和崇高精神激励着无数人。

时间从未停下前行的脚步。

当我们穿越历史的苍穹，总会发现相似的光点——

新中国成立伊始，李四光、钱学森等一批留学归国人员成为我国尖端科技领域和空白学科的开拓者；改革开放后，一批批人才纷纷回国效力，一个个重大科研装置次第而起，一代代中国科学家带着对祖国的无限赤诚，百折不挠、开拓创新，托起中华民族伟大复兴的希望。

时至今日，用生命铸就探地利器的黄大年、化作星辰陪伴“超级天眼”的南仁东、十六年如一日为国家奉献4000万颗高原种子的钟扬……以他们为代表的当代科研工作者砥砺前行，赓续着中华民族生生不息的精神力量。

奥地利作家斯蒂芬·茨威格曾说过：“充满戏剧性和命运攸关的时刻在个人的一生中和历史的进程中都是难得的；这种时刻往往只发生在某一天、某一小时甚至常常只发生在某一分钟，但它们的决定性影响却是超越时间的。”

总有一个命运攸关的瞬间，定格人类的无垠未来——

2016年6月28日，凝结黄大年团队6年心血的深部探测专项答辩获得通过，专家组验收结束后给出结论：项目成果整体达到国际领先水平。这标志着，中国重型探测装备技术研发实现了弯道超车，完成了跨代飞跃！

2016 年 9 月 25 日，有着“超级天眼”之称的 500 米口径球面射电望远镜在贵州平塘落成启用，将在世界天文史上镌刻新的“中国刻度”。24 年，8000 多个日夜，“超级天眼”首席科学家、总工程师南仁东心无旁骛。

2011 年 6 月 15 日，在海拔 6000 多米的珠穆朗玛峰北坡，钟扬带领团队采到高山雪莲，攀登到中国植物学家采样最高高度。盘点清楚世界屋脊的植物“家底”，为国家、为人类储存下绵延后世的丰富“基因”宝藏，这是钟扬的中国梦。

陈家宽说：“钟扬是这个时代中华民族千万科研工作者的缩影。他们有同样的家国情怀、历史责任和时代担当。这种使命感促使着他们这样做，他们是践行习近平新时代中国特色社会主义思想的先锋。”

今天，距中华民族伟大复兴目标从未如此之近，这个国家和这片土地上的人民，比任何时候都更需要信仰的光芒和力量。

仰望星空，这信仰的光芒与力量熠熠夺目——

正是这一个又一个璀璨的光点，梦想着让国家和人民能有更好的明天，并愿意为之做出伟大牺牲！

正是苍穹里闪耀的科学家精神，照亮了我们脚下的奋斗之路，成就了事业、凝聚了信仰、推动了中国！

# 附录 1

## 中宣部追授钟扬"时代楷模"称号

新华社北京 3 月 29 日电　中央宣传部 29 日向全社会宣传发布钟扬的先进事迹，追授他"时代楷模"称号。

钟扬生前是复旦大学生命科学学院教授、博士生导师，长期从事植物学、生物信息学研究和教学工作，取得一系列重要创新成果。他胸怀科技报国理想，长期致力于生物多样性研究和保护，率领团队在青藏高原为国家种质库收集了数千万颗植物种子；他艰苦援藏 16 年，足迹遍布西藏最偏远、最艰苦的地区，为西部少数民族地区的人才培养、学科建设和科学研究做出了重要贡献；他以德修身、以德立学、以德施教，用心尽力帮助学生成长成才；他热心社会公益事业，连续 17 年参与科普志愿服务，是深受欢迎的"科普明星"。钟扬同志曾荣获"全国先进工作者""全国优秀教师"等荣誉称号，以及国家技术发明二等奖等多项奖励。2017 年 9 月 25 日，钟扬在赴内蒙古为民族干部授课途中遭遇车祸，不幸逝世，年仅 53 岁。

一段时间以来，钟扬的先进事迹宣传报道后，在社会上引起热烈反响。广大干部群众认为，钟扬的事迹感人至深、催人奋进。他是忠于祖国奉献人民、不懈探索追求的杰出科学家，是立德树人、教书育人的优秀教师，也是自觉践行社会主义核心价值观的先锋模范。广大教师和科技工作者表示，要深入学习贯彻习近平新时代中国特色社会主义思想和党的十九大精神，以钟扬为榜样，坚持国家至上、民族至上、人民至上，勇担复兴大任、争做时代新人，努力用奋斗开创幸福美好未来，在为国为民建功立业中书写人生华章。

“时代楷模”发布仪式现场宣读了《中共中央宣传部关于追授钟扬同志“时代楷模”称号的决定》，发布了钟扬的先进事迹。中宣部负责同志为钟扬的亲属颁发了“时代楷模”奖章和荣誉证书。教育部、上海市委、复旦大学有关负责同志，“时代楷模”钟扬的亲友、学生、同事及社会各界代表等参加发布仪式。

# 附录2

## 教育部关于追授钟扬同志"全国优秀教师"荣誉称号的决定

钟扬，男，汉族，1964年5月出生，中共党员，生前担任复旦大学党委委员、研究生院院长、生命科学学院教授、博士生导师，系中组部第六、七、八批援藏干部，教育部"长江学者奖励计划"特聘教授，国家杰出青年科学基金获得者。曾获国务院政府特殊津贴、全国先进工作者、全国对口支援西藏先进个人等荣誉。2017年9月25日，在出差途中遭遇交通意外事故不幸去世，年仅53岁。

钟扬同志对党无比忠诚，对事业无限热爱，胸怀科研报国理想，毕生致力于生物多样性研究和保护，足迹踏遍青藏高原，收集上千种植物的4000万颗种子，弥补世界种质资源库缺乏西藏种子的严重不足，为人类储存下绵延后世的"基因"宝藏；他全心全意贯彻党的教育方针，从教30多年来始终将学生放在第一位，立德树人，爱生如子，甘为人梯，当好学生成长成才的引路人，培养出的一大批学生已成长为国家急需的科技骨干；他身体力行党的民族政策，投身援藏，不辱使命，深入偏远少数民族地区开展教育科技精准扶贫，帮助西藏大学申请到第一个生态学博士点，带出了西藏第一批生物学教育部创新团队，填补了西藏高等教育一系列历史性空白；他矢志不渝为人民服务，积极投身国家生态文明建设和绿色发展，热心社会公益事业，在生态保护和科普教育方面贡献卓著，把生命最宝贵的时光献给了祖国最需要的地方和他最钟爱的教育科研事业。在钟扬同志身上，集中体现了一名优秀共产党员绝对忠诚的政治品格、攻坚克难的可贵品质、扎实过硬的工作作风、严于律己的良好形象，集中展示了高校教师教书和育人相统一、言传和身教相统一、潜心问道和关注社会相统一、学术自由和学术规范相统一的时代风采。钟扬同志是践行“四有”好老师要求的杰出代表，是继李保国、黄大年同志之后教育系统涌现出的又一位优秀教师典型。为大力表彰和学习宣传钟扬同志的先进事迹，我部决定追授钟扬同志“全国优秀教师”荣誉称号。

全国广大教师和教育科研工作者要以钟扬同志为榜样，学习他忠诚于党、科研报国的崇高信念，学习他爱岗敬业、潜心育人的高尚师德，学习他心系民生、造福人民的至诚情怀，学习他不畏艰险、锐意进取的创新精神，学习他求真务实、敬业奉献的人格风范。要自觉将学习钟扬同志精神与加强和改进高校思想政治工作、培育和践行社会主义核心价值观相结合，紧密团结在以习近平同志为核心的党中央周围，以更加昂扬的精神状态和务实的工作作风，为全面建成小康社会、实现中华民族伟大复兴的中国梦而努力奋斗。

教育部

2017年10月13日

# 附录3

## 中共上海市委追授钟扬同志“上海市优秀共产党员”称号

中共上海市委常委会12月9日举行会议，同意追授钟扬同志“上海市优秀共产党员”称号。钟扬同志生前系复旦大学研究生院院长、生命科学学院教授，在他身上集中体现了一名优秀共产党员“不忘初心、牢记使命”的精神品质。会议指出，学习钟扬同志先进事迹，要树立更加强烈的家国情怀、更加忠诚的政治品格、矢志奋斗的精神和毅力，为学习贯彻党的十九大精神，勇当新时代排头兵、先行者激发强大精神力量。

钟扬同志是扎根中国大地成长起来的一名科学家和人民教师，是践行“四有”好老师要求的楷模，是新时代共产党员“不忘初心、牢记使命”的优秀代表。他抱定崇高理想，矢志不渝奋斗，毕其一生科研报国、艰苦援藏、教书育人、实干担当。他的事迹感人肺腑，品德激荡人心，闪耀着时代的光辉。他对党无比忠诚，对科研无比执着，对学生无比关怀，对事业无比热爱，以超乎常人的精神和毅力，为国家和人民奋斗到了生命的最后一刻。

# 附录4

## 生命的高度

钟　扬

“更高、更快、更强”似乎是生命世界共同的追求。一个物种的高度常常是生物学家们首先关注的特性。一株植物能长多高？它的高度与其遗传背景和生态环境密切相关，是其成功地利用阳光、水分、土壤营养等诸多条件的综合结果。分布于美国加州的北美红杉株高可达150米以上，这不仅是现存植物界中一个令人叹为观止的高度，而且已经接近数理学家们理论预测的高度极限。无疑，在生态环境适宜的原始森林中，每一棵北美红杉都算得上是一个真正的成功者。

从我到青藏高原第一天起，我也一直在寻觅这样的成功者。我们对西藏巨柏和沙棘植物进行了多年的研究，特别是后者，引发了我对青藏高原植物株高的思考——沙棘近缘种的株高依海拔高度从10米到10余厘米呈梯度变异，取决于每一株植物的生境。那些生长在海拔5000米以上、株高不足20厘米的沙棘更令人感怀，在这里生存已属不易，繁衍更是奇迹，由于缺乏传粉的昆虫，它们甚至需要在不同的群体中变换性别的比例（对这一科学问题的探究已成为我们主持的国家自然科学基金重大研究计划项目的主题之一）。我们在向这些矮小而顽强的生命致敬的同时，不禁要问：它们是怎么来的？为什么要在如此恶劣的环境中生存？

随着我们对喜马拉雅山的雪莲——鼠麴雪兔子的研究不断深入，心中的答案渐渐清晰起来。1938 年，德国探险家在海拔 6300 米左右的珠穆朗玛峰南坡采集到一棵几厘米高的鼠麴雪兔子，将其记载为世界上分布最高的高等植物，被国际高山植物学专著和教科书奉为经典。随着全球变化和冰川消融，植物的分布可能有新的高度。为此，我们一次又一次去珠峰考察，今年 6 月终于在海拔 6100 米以上的北坡采集到了宝贵的样品（凑巧的是，这与“蛟龙”号深潜突破 6000 米是同一天），这些样品使我们在南坡找到突破现有世界纪录的最高海拔分布植物的信心倍增，而进一步的分子生物学分析将为揭示其种群来源和动态及其与全球变化的关系提供科学的依据。

然而，鼠麴雪兔子并不是一个青藏高原特有种，它广泛分布于我国西南和西北各地以及邻近国家，其中不乏低海拔和环境优越的种群。仅从生物学特性看，青藏高原种群明显要差得多，但这些矮小的植株竟能耐受干旱、狂风、贫瘠的土壤以及 45°C 的昼夜温差。生物学上的合理解释是：它之所以能成为世界上分布最高的植物就是靠这些一群又一群不起眼的小草（鼠麴雪兔子）承担着“先锋者（奠基者）”的任务，向新的高地一代又一代地缓慢推进。

在一个适宜生物生存与发展的良好环境中，不乏各种各样的成功者，它们造就了生命的辉煌。然而，生命的高度绝不只是一种形式。当一个物种要拓展其疆域而必须迎接恶劣环境挑战的时候，总是需要一些先锋者牺牲个体的优势，以换取整个群体乃至物种新的生存空间和发展机遇。换言之，先锋者为成功者奠定了基础，它们在生命的高度上应该是一致的。这就是生长于珠穆朗玛峰的高山雪莲给我的人生启示，它将激励我毕生在青藏高原研究之路上攀登。

注：本文发表于复旦校刊2012年7月6日第9版，是钟扬作为上海市教卫党委系统创先争优优秀共产党员，在复旦大学创先争优表彰大会上的发言摘登，收入本书时略有修改。

# 附录5

## 在我失联的日子里

钟　扬

题记：这是一个真实的故事。一些段落是我用左手（或右手）一字一句敲出来的，另一些则是我的学生卓雅帮我输入的。在过去的一周里，不期然的，我的人生一瞬间跌到了命运的关口，我在努力地回忆着每一个细节，希望能给各位村民提供真实的信息。所有材料和交流不宜到村外转发。

5 月 2 日是我 51 岁的生日。前一天的夜里，我在疲惫交加之际，写了几段文字来描述我的出生。不知为何，我在句子开头提到了“我很累”，可能这就是内心真实的感受吧，我只希望能快快休息一下，不要再过每天睡眠 3 小时的日子。

清晨 7 点，起床后吃了几块饼干权充早餐，就直奔学校 1 号楼去面试参加自主招生考试的高中生。今年复旦大学严格按照教育部自主招生规定，只同意了很少的学生来参加自主考试，换言之，这几乎算没有举行自主招生考试了。前几年，我们最多有四百个正教授花 2 到 3 天的时间来面试学生，每个学生 15 分钟左右，那场面真是宏大。我曾做过理科组的一个组长，还到电视台讲过复旦自主招生是怎样录取学生的。今年倒好，理科一共只有 2 名学生，学校准备了5名考官，每位考生的面试时间是一小时左右。考试真是在相当愉快的环境中进行的，第一位考生，完全不能用优秀来形容，你能想象，一位高中生已经发表了两篇SCI论文吗？而且都是通讯作者，就算把他放到研究生中也是可以用优秀来形容的。我突然间感觉，他可能就是比尔·盖茨第二，因为比尔·盖茨先生当年据说就是因为研究做得特别好，人生没有追求后才退学的，我上课讲的盖茨退学就是这个版本，对于这样的人来说，做科学家对他们的挑战太小了。我不经意间问了他一个问题，你怎么看你的父母？这孩子告诉我，他的父母很有钱，但他不愿意过跟他们一样的生活，他们的知识面，他们的志趣，都跟他今后要当的科学家大相径庭。不知为何，我突然感到一阵悲哀，因为从35岁以后我渐渐体会到父母才是我最好的老师。也许，这么聪明的孩子从我的眼神中捕捉到一丝不快，他很快出现了少有的惶惑。我说："你不要紧张，我们就是聊聊天而已，今天是我的生日，现在是早上8点45分，我就是在这个时间出生的。所以我有点走神了，想起了我的父母。"这个孩子瞬间就恢复了自信，继续去回答那些漂亮而高深的科研工作。我给他打了高分，尽管我对他不了解，但无论如何，如果复旦大学能得到这样的学生来成为本科生，他也一定会是优秀的学生。临走时，他居然说了一句："老师生日愉快！"之后，我又花了一个小时去面试了一位才能略差，但说话直率的女生。也许这位女生是报考生命科学的缘故，我在她能否进入复旦大学学习的问题上也没有任何犹豫。因为我知道他们无论如何都比前几年数以百计的考生中的绝大部分要强得多。面试结束，天下起了倾盆大雨。我们吃了一盒盒饭就散了。

中午12点整，一种从未有过的疲倦向我袭来，我只要在1点以前到银行给小儿子存入100块钱就可以上床睡一觉了。小儿子在上海的西藏中学读书，他所有的同学都是父母在西藏当地存进生活费，他们在上海每个月从卡里取来使用，我和儿子尽管在同一个城市，但也用这种方法来给他生活费。这是一件小得不能再小的事情了，我跑到银行，却发现今天是周末，这家银行没有开门，于是我就坐了半小时车去学校找他。今天是学校男生“放风”的日子，我在学校只见到了他班上的女生们，而学校外，一批批走过的都是高年级的男生们。我到他取钱的银行时，已经超过了规定时间15分钟，我知道，说不定他已经失望地离开了。大雨之下，我打着伞，在银行边上的拉面馆（这是他和藏族同学最喜欢去的地方）来回走了几圈，最后还是决定退回银行等他。眼看着他们两小时的“放风”时间即将过去一半，我在银行门口透过浓重的雨帘目不转睛地盯着每一个路过的孩子。突然，我发现了小毛那瘦小的身影，他没有穿校服，他说校服太普通了，爸爸可能会看不见。他今天穿的衣服并不防水，但很鲜艳，他顶着大雨来到银行，没有见到爸爸，他就去吃了凉面，并给两位同学带了满满两碗六块钱的凉皮。我把他头上的水简单擦干净，像多数家长跟十几岁的孩子并没有过多的交流一样，我只是简单地问他：“六块钱的凉皮就算周末的改善生活吗？”他回答：“是的，同学们很喜欢。”办完了银行的事，我觉得还有时间，就问他是不是还想去外面吃点东西，他说今天的凉面吃得很饱了，不想吃了。我想也许是大雨和在雨中行走的不便冲淡了他的胃口吧。在一个屋檐下，一位老大妈在卖菠萝，我花20块钱买了两个菠萝，削好切好，在回学校的路上却没有找到有人卖小袋的盐巴。宿舍里有两个同学，其他几个还在补习功课。我和小毛拿着饭碗到小卖部，让售货员阿姨舀一勺盐来洗去菠萝的涩感，阿姨还很怜惜地说，这孩子很乖很懂事，但太瘦小。我把菠萝用盐水泡好，看着他兴高采烈地吃下，告诉他把另一个菠萝用盐水泡好，等下午三点的课后，全寝室同学分着吃下。他点了点头，说还有一段时间上课，他想去洗个澡。雨还在淅淅沥沥地下着，我没把他送到教室，只是看着他穿着短裤和我给他新买的拖鞋走进浴室，才转身回返。说实话，自从他独立生活以来，比李生的哥哥足足矮了10厘米，他要我买的最多的东西是部队用的压缩饼干，因为课间唯一能偷偷拿出来吃的就是压缩饼干了。至于我给他从拉萨带回的两箱尼泊尔方便面（类似我国的干脆面），更被他慷慨地送给了全班的每一个同学。他没有像我一样15岁离开父母，而是12岁不到就离开了我们去过集体生活。作为全校唯一的汉族学生，他所遭受的文化冲击，肯定不比我们当年去美国来得小。我相信有一天，他和哥哥能在不同的人生道路上做得比我强。

下午3点多，我才回到家中，睡意已经全无。我开始拿出草拟中的复旦大学与西藏大学合作协议，一字一句地校对。我已答应学校书记，在五一假期结束后，便提交修改稿。从初稿到修改稿已经历时两周，而这两周被北京和其他劳模活动弄得支离破碎。还好，我在5点45分左右初步完成了这一工作。

下午6点30分，我没有跟任何人谈及生日晚宴的事。事实上，我也不准备弄什么生日晚宴。在众多的朋友邀请中，我挑选答应了一个非常小型的，类似家宴的活动，因为我跟这家人还比较熟识，也知道今天并不是一个喝酒的日子，天又下着雨，我只想安安静静地在9点前结束，回家早早上床睡觉。等我赶到浦东吃饭的地方时，已经6点45分了。五人寒暄了几句，马上就开始吃饭了。酒是我最爱喝的酒，但今天备的量并不大。到7点，刚刚酒过三巡。我告诉大家，7点整，东方财经将有一档采访我的节目。我还清楚地记得在这档节目录制完后，一位博士生看我录完节目后对我说："钟老师，你怎么看上去这么累？"我笑了笑，心想这样的日子很快就会过去了。我甚至可以利用到香港的三天时间好好休息下，尽管我是带队的，但其他同志已做了周密的准备，把事情安排得井井有条。说着，讲着，7点05分，电视台开始播放我的节目，历时也就5分钟。席间的一位朋友反复用手机频频拍照，说了些鼓励的话。

傍晚7点20分，情况突然发生了变化。不知为什么，我的右腿像灌了铅一样沉重，夹菜的右手只握住了一根筷子，而另一根筷子却掉在了地上，服务员给我拿来新的筷子后，我试图去抓住新的筷子，但却发现再也握不紧了。当时我没顾得上那么多，只想快点结束这短暂的饭局回去休息。于是我换左手夹菜，并去厕所收拾了一下，回来的时候，我一个踉跄，差点扑倒在地上。我看到了大家惊愕的目光，但我嘴里还一直说："没事没事，今天太累了。"我的微信以很低的声音叫个不停，但是我听不见，我索性把微信打开放在桌子上。7点27分，汉波发来了一条短信，她说："钟扬，此次回国我感触良多，希望能在今后为西藏多做些事……"我想回复"收到，谢谢"这几个字，但右手已经完全不听使唤，激动之中还把手机带到了地上，左手也再次把筷子带到了地上。一切都明朗了，这绝不是累的缘故，也不是一般的眩晕，这肯定是脑部出血的征兆。医学上，脑部出血常常用脑出血来表示，与民间中风是一回事。

窗外，雨还在下着，而我一下子僵硬在那里，不知所措。短暂的沉默后，我的朋友们没有去捡地上的筷子，而是马上将我送往第二军医大学长海医院。朋友中，有一位解放军大校，也是我国药学领域的专家，今天的晚饭可以说是上天的安排，他用自己的车和太太一起，马不停蹄地直奔长海医院急诊科室。节日的夜晚雨还在下着，窗外霓虹闪烁，穿过繁华的街道，医院大厅人来人往，也许其中很多人只是出来散步，只是会朋友，只是喝茶，只是做着再正常不过的事情，但我看起来都有一种异样感。我的脑子已经不大转动，但只是纠结一件事，我为什么当时不坚持把那四个字的回复发给汉波呢？今天，汉波看了这条消息，她也许会认为，钟扬为什么要这么傲慢呢？为什么一封私信居然七天不回？而她想过没有，她的这条短信，我可能永远不会回复，那将会是一种什么样的情景。谢谢汉波，你7点27分的来信，让我记下了试图回复的时间，给我提供了一个医学上最简单的坐标，尽管这一点都不是你发信息来的本意吧。当我被手推车推进急救室，再送进CT检测仪的一瞬间，我开始感受到身体内密密流淌的鲜血，这当然是幻觉。只有当CT的片子出来，我才看到从大脑破裂的血管中流出的殷红血迹化作的CT片上一块块惊人的白斑。

当我被送进急诊病房之时，我还在思考着5号下午去香港的行程。说来也巧，5月8号下午有个会议，所以我决定不跟复旦代表团一起行动。负责修改行程的外事秘书倩洁问我："您的票已经改好，真的不要再改了吗？您的行程安排得太紧了。要是再改，可能买不着票了。"我跟倩洁并不太熟，就回了一句："不用再改了，补票费我出。"倩洁急忙辩解说："钟老师您误会我的意思了，我只是希望您不要再改了，您作为领队在香港已经没有多少休息时间了，钱肯定不要您出。"我回了一句："谢谢你！我当然也是开玩笑。"对香港访问事宜最后的讨论定格于七点差一分。20分钟以后，这件事却发生了根本的转变。

现在回想起来，在这样一个平凡的节日之夜，参与此间的每一个人，我，我的朋友，随后赶来的一位同事，我们都做到了最好，几乎毫无偏差地实施了最佳的医学抢救——最快的时间，最准确的判断，离我们最近质量最好的医院，而其他的医疗行动，只能留给明天了。时钟很快拨到了9点，在长海医院的急诊室里，我寄居于一个墙角的床上，那位大校整整陪了我一夜。这一夜是我的内心极度狂乱的一夜，我没有做好任何思想准备，工作上留下的那么多报告，要参加的会议，出发前要见的学生，我没有对这一切做好交代。就像一条在海中不知疲倦地畅游的鱼儿，一下子被抛到了沙滩。这夜我一晚没睡，血压在200左右，护士也没有办法帮助我，只能希望出血点能止住，不要再扩大了。我右边的手脚已经不听使唤了，我唠唠叨叨地跟边上的人说着一些话，但由于口齿不清，事后我才知道，当时没人能听懂我在说什么。

9点左右，大儿子来了，他的身高已接近一米七，是一个阳光、健壮的小伙子。但不知为什么，我老是觉得，他是一个真正的小孩儿，没有任何人生的阅历。在今天，他显然吓坏了，甚至大人们在走廊外议论我的病情时，他也守着我，默默地不肯离开。他的手已经像大人一样大，但是没有力量，我的右手已经完全离开了我的身体，只能用左手摸着他的头顶，就这样不说话地待着。在这个浑浑噩噩的夜晚，我仿佛又看见小毛拎着凉皮，穿过街道的瘦弱身影。据说，那夜，小毛打了一夜电话，也没有听见我的声音。他无法想象，五个小时以前见过的父亲，已经到了一个陌生的医院，当了一个他出生以来就没见过的病人。他也许不得不开始走自己的人生道路了。想到这，泪水禁不住浮上了我的眼眶。

**注：这篇文章写于2015年5月，是钟扬在他51岁生日那天突发脑出血住院抢救后在病床上写下的一段回忆。**

# 附录6

## 一颗种子的答案
## ——雪域高原播种者钟扬的“精神珠峰”

新华社北京3月25日电

新华社记者陈芳、陈聪、吴振东

一个人的生命，能够记录到怎样的巅峰？

在海拔6000多米的珠穆朗玛峰北坡，他攀登到植物学家采样的最高高度。

一颗平凡的种子，可以为民族的未来带来多大的光亮？

16年间行程超过50万公里，每年100多天在最偏远、最荒凉、最艰苦的地方穿梭。

他带领团队收集4000万颗种子，盘点了世界屋脊的生物“家底”。

2017年9月25日，著名植物学家、复旦大学生命科学学院教授钟扬在内蒙古自治区鄂尔多斯市出差途中不幸遭遇车祸，53岁的生命戛然而止。

“任何生命都有其结束的一天，但我毫不畏惧，因为我的学生会将科学探索之路延续。”钟扬曾说过的话犹在耳边。

从藏北高原到藏南谷地，从阿里无人区到雅鲁藏布江边，我们走进钟扬精彩的一生。

**“一种基因可以改变一个国家的命运，一颗种子可以改变一个民族的未来。”**
**——登上植物学之巅，因为他有独特的“种子观”“种子梦”**

植物有灵。

山前山后，各一片万年不枯的草木。

一草一木，都有自己生命的高度和韧度。

青藏高原上，烈日暴雨交替侵袭，稀薄的空气睥睨着每一个野外工作者。然而，无数不知名的雪山上，成千上万的植物都有这样一个身影的“记忆”——

四五十度的陡坡，一个身材壮硕的人在艰难攀爬，脸庞被晒得发紫，牛仔裤和格子衬衫上溅满泥浆。

青藏高原的山峰垂直高差至少500米，一个来回就是1000米。高原爬山不比平地，海拔4000多米的高山上，每走一步都好似要用尽浑身力气，可他始终走在一群年轻人前面。

他就是钟扬。

2011年6月，在海拔6000多米的珠穆朗玛峰北坡，钟扬带领团队采到高山雪莲，攀登到中国植物学家采样最高高度。

为了这一刻，钟扬酝酿了十年。

2001年，钟扬第一次进藏。有的人不理解：一个复旦大学的著名学者，为什么要跑到边疆搞科研？

原来，钟扬在复旦大学重建生态学科的工作中越来越意识到，许多物种在消失，保存种质资源作为一项基础性、战略性工作，对于国家发展、人类命运意义非凡。

钟扬瞄准了一个地方：西藏——这里有将近6000个高等植物物种，却从来没有人进行过彻底盘点和种子采集。

“一种基因可以改变一个国家的命运，一颗种子可以改变一个民族的未来。”

这是钟扬的“种子观”。

“假设西藏有一种应对癌症的植物一百多年后没有了，但一百多年前我采集过5000粒种子，并且把种子放在了一个罐子里。后人拿出来种，即使只有500粒能活、50粒能结种子，这个植物不就恢复了吗？”

这是钟扬的“种子梦”。

这个梦一追，就是16年。

钟扬说，他要在“生命禁区”找到植物界的“成功者”高山雪莲。

1938年，德国探险家在海拔6300米左右的珠穆朗玛峰南坡采集到一种几厘米高的高山雪莲（鼠麴雪兔子），将其记载为世界上分布最高的高等植物，被国际高山植物学专著和教科书奉为经典。而此后更无人找到这种植物。

从2011年起，钟扬开始带领团队寻找高山雪莲。6月的一天，他们再度爬上了珠穆朗玛峰。

走到珠峰大本营周围，高山雪莲还未现身。

“继续向上走！”钟扬呼呼喘着粗气，脚下一瘸一拐走得不稳，神态却比任何时候都坚毅。

西藏大学理学院教授拉琼回忆：“当时我觉得钟老师不是西藏山民，又不熟悉山情，可能会有危险，建议他在帐篷里等我们。谁知他一句‘你能爬我也能爬’就把我顶回来了。最终拗不过他，一起再出发。”

“找到了！找到了！”

钟扬沙哑的声音透着异样的兴奋。

这是一片冰川退化后裸露的岩石。在岩石缝里，藏着这种高仅 10 厘米、长着灰白小绒球花朵的不起眼儿的植物。花形宛如拇指，花朵散发着生生不息的气息。钟扬像注视一个刚出生的孩子那样，脸上挂着深深的喜悦，凝望了很久……

“这个发现使我们找到突破现有世界纪录的最高海拔分布植物的信心倍增，进一步的分子生物学分析将为揭示其种群来源、动态及其与全球变化的关系提供科学的依据。”

钟扬说，他要在“无人区”盘点植物“家底”。

陡坡直上直下，他在跋涉。不管多远多危险、高原反应多严重，只要对研究有帮助，钟扬就带着学生，从林芝、日喀则，到那曲、阿里，一株一株地采集植物标本和 DNA 样品。

月亮弯了又圆，他的灯火不熄。西藏巨柏长在雅鲁藏布江两岸的悬崖边上，他带着学生爬上陡崖，脚下就是滚滚江水；沙棘的种子难采，钟扬采得最多，扎了满手的刺。

阿里有一片无人区，被称为“世界屋脊上的屋脊”，平均海拔 4500 米以上，气候寒冷干燥，平均风速在每秒 3.2 米以上，是任何有氧生物都难以生存的绝境。

有人劝钟扬，别去阿里了，那里海拔太高、条件太苦，而且物种较少，辛苦一天只能采几个样，不划算。钟扬却说：“正是因为别人都不愿去，阿里地区肯定还有未被发掘的特有植物，哪怕再苦，我们也必须去！”

钟扬的人生，原本可以很从容。

15岁时，钟扬就考入中国科技大学少年班；二十几岁，就成为当时国内植物学领域的青年领军人物；33岁，从中科院武汉植物研究所辞职到复旦大学当一名普通老师时，他已是副厅级干部。

可他却选择用生命在高原行走攀登，用满腔热忱投身一线教学："生命就这么长，要把最宝贵的时光献给祖国最需要的地方！"

有人问钟扬，一天到晚采种子，没有任何眼前的经济利益，值得吗？

"功成不必在我。"他回答，"假设一百多年之后还有癌症，又发现有一种植物可以抗癌，但也许由于气候变化，这种植物已经消失。人们会想起，一百多年前，有个姓钟的教授好像采集过。"

有人问钟扬，还要在西藏待多久，他坚定地说："不拿到藏大的植物学博士点我绝不离开！"

**"在仰望星空的同时，千万不要忘了脚踏实地，因为世界上的很多伟大都是熬出来的。"**

**——他是熬出来的"种子猎人"，随身的只有"老三样""死面饼子"**

盘点"家底"，需要"大海捞针"。

这是一种细长而直立的小草，花苞绽放时，开出米粒一样大的四瓣小花。

在青藏高原的千沟万壑之间，这样的小草如同沧海一粟。

然而，这种看上去并不起眼的小草，却因结构简单、生长周期短和基因组小，而被广泛研究，是植物学家珍爱的"小白鼠"。

拟南芥，20世纪50年代曾被编入《中国植物志》。然而在基因技术应用之后，由于没有人在青藏高原采到过它的样品和种子，无法对高原拟南芥进行基因组测序和深入分析。谁一旦找到了这种植物，就掌握了逆境生物学研究的新材料，就能再现高原植物的起源进化过程。

西藏大学生态学博士生刘天猛，至今无法忘记钟扬带着他们寻找野生拟南芥的身影：“他大口喘着气带着我们往山上爬，不放过岩石间的一个裂缝，不放过峭壁旁的一棵小草。”要知道，很多种子并非挂在树上、长在路边等着人采，而是隐没在茫茫荒原之中。

“他就是要带着我们往前走，一直往前走。”

在钟扬指导下，许敏和赵宁两位学生利用每个周末到海拔 4000 多米的雅鲁藏布江流域探寻，终于在 2013 年找到分布在西藏的一种全新的拟南芥生态型。

“一切为了国家的科研事业。”中国科学院院士、复旦大学副校长金力至今难忘钟扬团队发现西藏高山上拟南芥时的欣喜若狂：“他身上有一种对科学纯粹的追求，超越了名利，超越了时间，超越了任何物质需求。”

钟扬将其命名为“XZ 生态型拟南芥”，这既是两位年轻人姓氏拼音首字母的缩写，也是西藏首字母的组合：“这是西藏的馈赠，也是大自然的回报。”

盘点“家底”，需要赶超“数字极限”。

在钟扬心目中，有这样一个“小目标”：每一份种子样本，要收集 5000 颗种子。

按照采集标准，要集齐这 5000 颗种子，不能在一个地方收集了事，而必须再换一个直线距离 50 公里以外的地方采集。

拉琼算了一笔账：集齐一份种子样本的 5000 颗种子大概要跑 500 ~ 1000 公里。一天 800 公里，星夜兼程，已是极限。

“吸氧，快给他吸氧！”

2010 年，一次野外考察中，由于极度劳累，钟扬出现了严重的高原反应：面色乌青，嘴唇发紫，大喘着粗气。学生朱彬见状不好，挣扎着拔掉自己的氧气管，想要给钟扬。

谁知钟扬一把推开了他的手，无力地一笑："别动，快点插回去……"

那一夜，没有人知道他是怎么熬过去的。等到第二天朝阳升起，钟扬又强撑着和学生们踏上了盘点"家底"的征程。

盘点"家底"，更要啃下难啃的"硬骨头"。

西藏有1000多种特有植物，光核桃就是其中一种。为了采集这种种子，钟扬和团队收集了8000个桃子，装了两大麻袋，运回拉萨的实验室。

光核桃又酸又涩壳又硬，怎么把桃核取出来成了大问题。

最后，钟扬愣是让所有路过的老师、学生，每个人必须尝7颗。

"为什么尝7颗呢？我研究发现，如果超过了10颗，很多同志肯定一辈子都不想再见我了。光核桃确实难啃，藏族朋友一边吃，一边呸呸呸，然后很认真地说，这个东西不能吃。可是我们必须这样把它吃完。"

光吃完还不够，钟扬和团队还需要把吃剩的核刷干净、用布擦干、晾干，才算大功告成。

无法想象的苦，却总有更惊人的毅力去克服。

无数个野外的清晨，钟扬嘴唇冻得发紫，还要忍着身体不适给学生做早饭，"你们年轻，要多睡会儿"；早晨6点出门采集种子，到了晚饭时间还没吃上饭，最后只见钟扬带头从地里刨开土，抓起萝卜混着泥巴往嘴里送，一边嚼一边说，"纯天然的东西，好吃"；行程中必备的干粮是一种"死面饼子"，因为难消化，才顶饿！

太炽热的爱，往往伴随着更刻骨铭心的痛。

钟扬不是不知道高原反应的厉害。

西藏种质资源库主任扎西次仁说："钟老师当时到了藏大，什么都没说，就是带着我们一起去野外考察。他血压高，刚到西藏时高原反应特别厉害，头晕、恶心、无力、腹泻，但他从不抱怨。每天清晨出门，为了把包里的空间尽量省下来装采样，他只带最简单的东西。”

两个面包、一袋榨菜、一瓶矿泉水，就是这简陋的“老三样”伴随钟扬走过了16个年头的跋涉——

钟扬团队采集的高原香柏，已被从中提取出抗癌成分；

钟扬团队率先寻获的拟南芥已无偿提供给全球科研机构，为全球植物学研究提供了支持；

钟扬带着学生扎西次仁花了整整3年时间，将位于青藏高原的全世界仅存的3万多棵巨柏登记在册。

钟扬曾说：“在仰望星空的同时，千万不要忘了脚踏实地，因为世界上的很多伟大都是熬出来的。”

## “在艰苦环境下生长起来的植物才有韧性，生长得慢，却刚直遒劲。”
## ——他是西藏学科“神话”推动者，但无限拉伸的皮筋竟也有极限

“我开始感受到身体内密密流淌的鲜血……”

“情况突然发生了变化。不知为什么，我的右腿像灌了铅一样沉重。夹菜的右手只握住了一根筷子，而另一根筷子却掉在了地上。”

2015年5月2日晚，51岁生日这天，一向精神抖擞的钟扬倒下了，在意识模糊的瞬间，世界在周身无止境地旋转，他被紧急送往上海长海医院。

时钟回拨到2001年，雪域高原上的西藏大学。

彼时，钟扬自主来到西藏做植物学科研，却发现西藏大学的植物学专业的“三个没有”：没有教授，老师没有博士学位，申请课题没有基础。

西藏大学的老师们也并不看好钟扬：他一个从上海来的“养尊处优”的教授，就能让西藏大学的科研改头换面？

但他们没想到的是，钟扬跟他们想的“不一样”，他坚守下来，扎根高原，这一坚守就是整整16年。

在复旦大学，他除了担负着生命科学学院的授课任务之外，作为研究生院院长，还担负着研究生院的管理工作。院办老师说，用“车水马龙”形容钟扬的办公室一点不为过：“从早到晚不停有老师和学生找他，我们只好规定每人限时15分钟。”

就是在这样本身已经很不够用的时间里，钟扬硬是给自己安排出一份24小时的“狂人”日程表：

21:30，从上海飞往成都，住机场附近；第二天清晨6:00飞赴拉萨，直奔野外采样；结束后，17:00至19:45，审阅论文；20:00至22:00，为西藏大学理学院本科生答疑解惑；22:45至凌晨4:00，与青年学者讨论科考和论文；7:00，从西藏大学出发，再次奔赴野外……

要知道，即便是西藏当地人，由于高原缺氧，睡得不深、半夜易醒，往往要睡够八九个小时才有精神起来工作，可钟扬却说：“我在这里能睡四个小时，已经很奢侈了……”

他多少年如一日每天坚持工作20个小时，为了节省时间，用五分钟解决一顿盒饭，开会间隙抓紧时间打个盹，他“压榨”着自己的生命，用“负重前行”换来了无数个“第一”：

他指导西藏大学申请到历史上第一个国家自然科学基金项目、第一个生态学博士点，帮助西藏大学培养出第一位植物学博士，将西藏大学的生态学科带入了国家“双一流”建设学科行列……

拉琼知道这些成绩背后的艰辛：“过去，我们大家都觉得国家项目对我们来说就是‘神话’，但是钟老师这些年带领我们一步步走近‘神话’，还把‘神话’变成了现实。”

钟扬曾把自己比作裸子植物，像青松翠柏，因为他知道，在艰苦环境下生长起来的植物才有韧性，生长得慢，却刚直遒劲。

钟扬的身体开始发出一次又一次预警。

2015 年 5 月 2 日夜，上海长海医院诊断结果出来：脑出血。

抢救后的第三天，钟扬还没有度过危险期，仍旧在重症监护室观察，可他满脑子全是工作的事儿。正好复旦大学生命科学学院教师赵佳媛来看他，他就让她打开电脑，口述写下他对援藏的思考交给党组织。他提出对建设西藏生态安全屏障的建议，认为“建立高端人才队伍极端重要”。

赵佳媛一边记录，眼泪一边止不住地往下流。在学生们心目中，钟扬就像一条可以无限拉伸的皮筋，然而他们绝没有想到，这条皮筋竟然也有极限！

2015 年 5 月 15 日下午，术后不到半个月，钟扬奇迹般地重新投入工作，而此时半身不遂的他甚至连午餐盒都无法打开。医生看着他离开的背影叹了一口气：长期的高原生活、过高的工作强度、严重不足的睡眠，使钟扬出现心脏肥大、血管脆弱等种种症状，每分钟心跳只有 40 多下。

医生对他下了三个禁令：不再喝酒、不坐飞机、不去西藏。

没想到，才过一年，他不顾医生告诫，再次走上高原路：“我戒得了酒，就是戒不了西藏啊！”

2016 年 6 月，拉琼在西藏大学又见到了钟扬。

拉琼眼前站着的，是一位虚弱的人，在烈日暴晒下，眉头紧锁、吃力喘息、走路缓慢，身上穿的还是 29 块钱买的那条牛仔裤。

这一次来，还是为了西藏大学生态学学科建设的事情。“西藏的事情总要有人去做。”

几乎所有人都认为，经过这次大病，钟扬会放慢工作的脚步。可是此时此刻人们发现，他不仅没有放慢，反而还“变本加厉”！

复旦大学生命科学学院副教授南蓬懂他：“他希望老天再给他十年，让他把西藏的人才梯队真正带起来。”

**“世界上有多少玲珑的花儿，出没于雕梁画栋；唯有那孤傲的藏波罗花，在高山砾石间绽放……”**

**——化作千万藏波罗花，人们读懂“钟扬精神”的永恒追求**

2017年9月29日，最后送别的日子到了。

复旦大学校园里挂着怀念钟扬的横幅：“留下的每一粒种子都会在未来生根发芽。”

银川的遗体告别会会场内外摆满700多个花圈，变成了花的海洋。

钟扬生前同事和合作伙伴赶来了，数十所高校的老师赶来了，还有很多中小学生和家长也赶来了，其中很多人只是听过他的一场报告。

“我突然感觉到，我对他的了解真的太少了。”复旦大学研究生院副院长杨长江发现，钟院长十几年来为援藏、为科普的太多奉献从不曾宣之于口。

和钟扬只有一面之缘的西藏大学财经学院副书记旺宗听到钟扬离去的消息号啕大哭：怎么这么好的一个人就这么走了？

钟扬的老母亲默默饮泣：“他是为国家做事的人，让他去，就让他去……”

老父亲对治丧小组提出了家属唯一的“要求”：“希望在悼词里写上：钟扬是优秀的共产党员！”

最让妻子张晓艳遗憾的，是家里最新的一张“全家福”，已被12年的岁月磨出泛黄的滤镜。

“钟扬追求的始终是人类、是国家、是科学、是教育。他的追求里有无数的别人，唯独没有他自己。”金力说。

“我是一个在红旗下长大，受党的教育培养多年的青年科技人员。在学生时代，我就向往加入中国共产党……今天，我对中国共产党更加坚信不移，愿为党工作，为革命事业奋斗终身……”

20多年前，钟扬在入党志愿书上写下这样的志愿，这个庄严承诺从此伴随他一生。

20多年来，钟扬半生跋涉，半生凄苦，陪在他身边的，仍旧是背包里的“老三样”，仍旧是那条沾满泥浆的牛仔裤。

为什么，他身上患有多种高原病，每分钟心跳40多下，医生严禁他坐飞机、进藏，可他却越着急、越拼命，饱尝病痛折磨之时，满腔热血奉献边疆，一颗初心仍然滚烫？

钟扬知道，再进藏可能是死路一条，但他戒不掉、放不下、忘不了，因为那是他一颗科学初心的“瘾”！

没有人能劝住他，因为他早已下定决心：“共产党员，就要敢于成为先锋者，也要甘于成为奉献者！”

为什么，他已是863生物和医药技术主题专家组的大专家，他18年前编写的教材至今仍被奉为经典，他的众多科研成果蜚声国际，而他却十六年如一日投身雪域高原的苍茫天地、投身基础学科的教学与科普？

钟扬说，这是高山雪莲带给他的启示：当一个物种要拓展其疆域而必须迎接恶劣环境挑战的时候，总是需要一些先锋者牺牲个体优势，以换取整个群体新的生存和发展！

“一代人有一代人的精神和使命。”复旦大学生命科学学院教授陈家宽说，我们国家从富起来到强起来，需要有一批这样的科学家无私奉献，需要有一批这样的共产党员负重前行。

20 世纪 90 年代初，钟扬与张晓艳分赴美国做访问学者和留学。当时选择回国的人不多，但钟扬夫妇从没纠结过这个问题。回国时，别人带回来的多是国内稀缺的彩电、冰箱等家电，钟扬却自掏腰包带回了搞科研用的电脑、打印机和复印机。

张晓艳回忆说：“我们一起去提货的时候，海关都不相信，怎么可能有人用自己省吃俭用节省下来的钱给公家买设备？”但这就是钟扬，他头脑里永远想的是，我应该为组织、为国家做些什么。

刚来到西藏大学的时候，钟扬发现西藏大学教师申报国家项目没经验、不敢报、没人报，他二话不说，就拿来老师们的申请书上手修改，还提供申报补助每人 2000 元，用于支付申报过程中产生的费用。

有人估算，十多年来，钟扬自掏腰包给西藏大学师生的扶持，加起来至少有几十万元。而在他去世后，同事帮他的家人一起整理他的遗物，发现他的衣物少得可怜，没有羊毛衫，没有羽绒衫，牛仔裤仍是那件磨得不成样子的 29 元地摊货！

钟扬很喜欢藏波罗花，它越是在环境恶劣的地方，生命力越强。在他培养的首位藏族植物学博士生扎西次仁完成论文时，钟扬朗诵了一首西藏民歌：

世界上有多少玲珑的花儿，
出没于雕梁画栋；
唯有那孤傲的藏波罗花，
在高山砾石间绽放……

“我想带出一批博士生团队，让西藏形成人才培养的造血机制。100 年后我肯定不在这个世界上了，但我的学生们在，他们早晚有一天会发现那颗改变我们国家命运的种子。”

钟扬走了，留给妻子张晓艳的，是 4 位八旬老人和一对正上中学的双胞胎儿子。因为对种子的爱，钟扬为双胞胎儿子取名“云杉”和“云实”，一个是裸子植物，一个是被子植物。

张晓艳和老人商量后，做了一个出乎人们意料的决定：把 138 万元车祸赔偿金全部捐出，发起成立“复旦大学钟扬教授基金”，用于奖励沪藏两地优秀师生。

在张晓艳眼中，设立这个基金，“也是为钟扬完成他最大的心愿……”

# 附录 7

## 播种未来

钟 扬

我曾经有过许多梦想，那些梦想都在遥远的地方。

我独自远航，为了那些梦想。我坚信，一个基因可以为一个国家带来希望，一粒种子可以造福万千苍生。

初到这片土地，只为盘点世界屋脊的生物家底，寻找生物进化的轨迹。在漫长的科考道路上，我慢慢地意识到，这片神奇的土地需要的不仅仅是一位生物学家，更需要一位教育工作者。将科学研究的种子播撒在藏族学生的心中，也许会对未来产生更为深远的影响。

“生物多样性的排名，西藏在全国一直是前三，西藏还有很多没有被探索的地方。”高原植物学人才的培养，不仅仅在课堂，也在雪山脚下、荆棘丛中。这一路总是充满艰辛，而我的学生，未来的植物学家，必须学会克服困难，迎接挑战。”

“采样是很辛苦的，为了采样我们每年至少走三万公里。”（学生语）

采种子路上经常会发生各种各样的状况。高原反应，差不多有十七种，在过去的十三年间，每一次我都有那么一两种。我们也不能因为高原反应，我们就怕了是吧！科学研究嘛，本身就是对人类的挑战。

海拔越高的地方，植物的生长越艰难，但是越艰难的地方，植物的生命力越顽强。我希望我的学生，就如这生长在世界屋脊的植物一样，坚持梦想，无畏艰险。我相信，终有一天，梦想之花会在他们的脚下开放。

“这里有一片难得的香柏林，这种生活在海拔四千米以上的植物很有用处。我们今天多采一点。”生长在海拔四千米以上的香柏，在复旦大学药学院提取出抗癌成分，并得到国际权威认证。

梦想，无论多么遥远，总驻守在我们心底。创新的心永远无法平静。只要心在不断飞翔，路就不断向前延伸。

我这十三年在西藏干了三件事：为国家和上海的种子库收集了上千种植物的四千万颗种子，它们可以储存上百年；培养了一批藏族科研人才，我培养的第一个藏族植物学博士，已经成为教授；为西藏大学申请到第一个生态学博士点，第一个国家自然科学基金项目。我希望打造一种高端人才培养的援藏新模式。

任何生命都有其结束的一天，但我毫不畏惧，因为我的学生会将科学探索之路延续，而我们采集的种子，也许会在几百年后的某一天生根、发芽，到那时，不知会完成多少人的梦想！

不是杰出者才做梦，而是善梦者才杰出。我是钟扬，一名工作在青藏高原的生物学家，一名来自上海的援藏教师。

注：本文是钟扬为微视频《播种未来》的文字写的配音稿，微视频由中共上海市教育卫生工作委员会、上海市教育委员会出品，于2013年播发。

**微视频《播种未来》，扫码可观看**

谨以此书献给钟扬老师和他的爱人张晓艳老师。

感谢新华社和复旦大学对本书给予的支持和帮助。

感谢复旦大学党委宣传部，以及曾艺等各位老师对本书给予的帮助。

图书在版编目（CIP）数据

种子·钟扬 / 陈芳，陈聪著 . -- 北京：北京联合出版公司，2018.9
ISBN 978-7-5596-2677-6

Ⅰ . ①种… Ⅱ . ①陈… ②陈… Ⅲ . ①报告文学 – 中国 – 当代 Ⅳ . ① I25

中国版本图书馆 CIP 数据核字（2018）第 221917 号

**种子·钟扬**
**作　　者：** 陈　芳　陈　聪
**总 发 行：** 北京华景时代文化传媒有限公司
**责任编辑：** 杨芳云
**封面设计：** 仙　境
**版式设计：** 张　敏
**责任审读：** 赵　娜　刘配书

北京联合出版公司出版
（北京市西城区德外大街 83 号楼 9 层 100088）
北京中科印刷有限公司印刷　　新华书店经销
字数 190 千字　　690 毫米 ×980 毫米　　1/16　　15 印张
2018 年 9 月第 1 版　　2018 年 9 月第 1 次印刷
ISBN 978-7-5596-2677-6
定价：49.80 元